壮哉此行偕入海，
钱江怒涛抒我怀。
一滴敢报江海信，
百折再看高潮来！

——《富春江散歌》

JIMUCHANGHE

贺敬之◎著 丁国成◎编选

贺敬之诗新选（下）

极目长河

高中语文配套阅读

中国新诗史上当之无愧的经典

长江出版传媒 | 长江文艺出版社

图书在版编目（CIP）数据

贺敬之诗新选. 下，极目长河 / 贺敬之著；丁国成编选. -- 武汉 : 长江文艺出版社， 2020.7(2024.8 重印)
ISBN 978-7-5702-1537-9

Ⅰ. ①贺… Ⅱ. ①贺… ②丁… Ⅲ. ①诗集－中国－当代 Ⅳ. ①I227

中国版本图书馆 CIP 数据核字(2020)第 067371 号

责任编辑：李婉莹　　　　责任校对：毛季慧
封面设计：天行云翼 · 宋晓亮　　　　责任印制：邱　莉　丁　涛

出版：长江出版传媒 | 长江文艺出版社
地址：武汉市雄楚大街 268 号　　　　邮编：430070
发行：长江文艺出版社
http://www.cjlap.com
印刷：三河市百盛印装有限公司

开本：640 毫米×970 毫米　1/16　印张：18.25
版次：2020 年 7 月第 1 版　　2024 年 8 月第 2 次印刷
字数：210 千字

定价：65.00 元

序

张器友

丁国成老师告诉我湖北长江文艺出版社要出版一部《贺敬之诗新选》，希望我写一个序言。1970年代后期，由于编选《中国当代文学研究资料·贺敬之专集》，我曾与贺老偶有信件往还，因为他一直忙于国家文化部门的工作，所以未敢过多打扰。贺老离休之后，我们的联系多了一些。我曾多次受益于他的关怀，聆听过他的教诲。他对马克思主义的坚定信念和谦逊纯朴的诗人品格，使我感到亲切。我向国成老师表示，晚辈为前辈写序固然不为罕见，只是小子讷丁言、拙于思，只能写一点供读者批评的心得体会，获得了他的认可。

贺敬之（1924.11.5—　），曾用笔名艾漠、荆直、贝文子等，出生于山东峄县（今枣庄市台儿庄区）一个贫农家庭。贫苦农家翻身解放的要求，齐鲁大地崇文重学的传统，古运河南北汇通的气象，化育了他反抗不公、纯朴坦荡的性格。1940年，当他还是一个少年的时候，就投奔革命圣地延安，献身于中国革命。毛泽东思想、延安小米和延河水，铸造着他的灵魂和筋骨，丰富了他性格的革命内涵。在此之后，经历抗日战争、解放战争、社会主义革命和建设、改革开放等重大历史时期的斗争风雨和实际锻炼，贺敬之成为社会主义诗歌领域的一面旗帜。他的艺术创作是他作为共产党员文艺工作者的党性和人格的审美化表现。

贺敬之自1939年发表新诗《北方的子孙》，到现在已经八十个年头。诗人发表这篇作品的时候，还是一个15岁的少年。当时，他正奔走在流亡、救亡的崎岖蜀道上，告别忧郁的过去，和几个向往革命的小伙伴，在弥天的大风沙里，向革命圣地延安进发。此前，他还写有《夜二章》《我们的行列》《跃进》等作品，抒写投奔革命的青春激情。“到延安去!”成了他诗歌道路上的第一串音符、第一声呼喊。

来到延安之后，在中国化马克思主义——毛泽东思想的指引下，在献身革命的同时他走上了文艺创作道路，在诗歌、歌剧、歌词、散文等领域进行了较为广泛的创造性探索。他这一时期的诗歌收在中华人民共和国成立后出版的《并没有冬天》（1951年）、《乡村的夜》（1957年）和《朝阳花开》（1954年）等诗集中。这些诗歌有的运用自由体，有的采取歌谣体，有的实验“楼梯体”，或赞美延安新生活，或回顾旧时代农村苦难，或描写子弟兵与老百姓的骨肉亲情，或表现解放区军民翻身解放、迎接新时代的空前热情，受到了平民百姓和部队战士的欢迎；同时也得到了前辈作家和批评家的肯定，赞扬他是“十七岁的马雅可夫斯基”，称赞他有关旧时代农村生活的诗“‘五四’以来还很少有诗人这样写过”。

他这一时期的成就，尤其体现在民族新歌剧《白毛女》的创作上。这部浸透了延安鲁艺师生集体智慧同时也浸透了贺敬之青春热血的作品，以别开生面的中国作风和中国气派，转化西洋歌剧，化合民族民间戏曲、新诗、歌谣，深刻表现了“旧社会把人逼成‘鬼’，新社会把‘鬼’变成人”的时代性主题，成就了民族新歌剧第一部经典，为民族新歌剧的发展提供了奠基性范例；同《小二黑结婚》（赵树理）、《王贵与李香香》（李季）、《太阳照在桑干河上》（丁玲）、《暴风骤雨》（周立波）等优秀作品一起，继20世纪30年代左翼文学之后，标志了一个人民文学新时代的到来。民族新歌剧生成于延安新秧歌运动，贺敬之是这个运动的积极参加者，他写作和参与写作了许多秧歌剧和大量秧歌词，其中分别由马可、刘炽谱曲的《南泥湾》和《翻身道情》一直流传至今。所有这些，使贺敬之走在了新的人民文艺开拓者的前列之中。

中华人民共和国成立后三十年，贺敬之以一大批精品力作引领时代风骚。他这一时期创作的诗歌先是1961年以《放歌集》为题由人民文学出版社出版，内中收有1956年至1959年间发表的作品；到1972年，根据周恩来关于出版工作会议指示的精神，这部诗集得以再版，除对初版所收作品有所修订外，又增收了1959年后创作的诗歌。这部诗集是中国诗坛这一时期新诗领域的标志性成果。它继承和弘扬延安文艺精神，持守诗人主体与人民本位辩证统一的抒情原则；在学习群众语言、民间歌谣的同时，创造性开掘和学习民族古典诗词中的民本思想、爱国情怀、浪漫主义精神及其艺术手段，又继续转化并成功完成了“楼梯体”诗歌形式的建构。这批作品回应20世纪初年郭沫若《女神之再生》《凤凰涅槃》的历史性呼唤，感应一百多年来中华民族浴火重生的深厚历史内涵和文化精神，放声歌唱民族的新生和人民的解放，歌唱创造历史的人民新人，驱动时代朝向更美好的未来，属于共和国“开国文学”的“国之瑰宝”，彪炳诗史。

此其中，尤以《回延安》《放声歌唱》《雷锋之歌》《西去列车的窗口》《桂林山水歌》等影响深远。《回延安》是1956年诗人随同团中央书记胡耀邦赴延安参加西北五省（区）青年造林大会创作的作品，这是离别延安十年后的“重回”之歌，歌唱延安的光荣历史和现实，更展望延安的未来，表达对革命圣地延安的深情。“手抓黄土我不放，/紧紧儿贴在心窝上。/……几回回梦里回延安，/双手搂定宝塔山。/千声万声呼唤你，/母亲延安就在这里!”情动于衷，撼人心旌，寄寓了不忘根本的赤子情怀。1600余行的抒情长诗《放声歌唱》，是1956年党的八大召开之际诗人献给中国共产党的恢宏壮丽的颂歌。全诗立足共产主义运动的广阔背景、中国革命的光荣历史与光辉现实，结合个人的成长经历，热情讴歌民族的新生，讴歌以人民为主体的、中国共产党领导的革命和社会主义事业的胜利，抒写了对社会主义道路的坚定信念。“在节日里，/我们的党/没有/在酒杯和鲜花的包围中，/醉意沉沉。/党，/正挥汗如雨！/工作着——/在共和国大厦的/建筑架上!”——这是一个伟大历史的真实定格，凝聚了诗人对领导中国革命和建设事业核心力量的认同和理解，是人民的赞美和永久性期望。1963年在“向雷锋同志学习”的全民热潮中，诗人以1200余行抒情长诗《雷锋之歌》，塑造了共产主义战士雷锋平凡而又伟大的艺术形象，激情澎湃地回答了“人应该怎样生、路应该怎样行”的时代性叩问。时当国内“三年困难时期”，苏联赫鲁晓夫集团背信弃义，撕毁双方订立的基本建设合同；蒋介石在美帝国主义支持下叫嚣着要反攻大陆。立足历史的十字路口，诗人热情开掘雷锋事迹的精神内涵，揭示他军衣的“五个钮扣后面/却有：七大洲的风雨、/亿万人民的斗争”；诗意宏深地阐释雷锋的精神实乃民族精神、中国革命精神和毛泽东思想的光辉结晶，同时又是巴黎公社精神的延续。诗人运用触目惊心的“告别革命”“和平演变”的图景警示人们，民族复兴和人类解放征途上存在着巨大的危险性，以坚强的定力发出神圣的召唤：高扬雷锋精神，“把这大写的/‘人’字——/写向那/万里长空”！1963年，诗人同郭小川、柯岩随王震将军护送上海知识青年奔赴新疆建设兵团落户垦荒，沉浸于革命兴旺承续的景象，创作《西去列车的窗口》。“在九曲黄河的上游，/在西去列车的窗口……/是大西北一个平静的夏夜，/是高原上月在中天的时候”，诗歌以一个情致别具的优美场景，把接受者引入历史的大境界当中，以一趟列车一个窗口含纳时代风云，成功抒写了发扬传统、继往开来的时代精神。

新时期以来，贺敬之在写出《中国的十月》《“八一”之歌》等一些新诗的同时，主要从事“新古体诗”的创作实践，作品主要收集在《心船歌集》（增补本，2013 年）中。这些新古体诗唱改革大业、抒时代忧愤，以磐石般的坚定信念，在世纪末中外文学的颓风里，抒写了一曲共产党人和中华民族的正气歌。

他热情讴歌改革开放，赞美这“第二次革命”的历史性成就，心头泛起“万瀑竞和长征歌”的喜悦之情，沉浸在“朱墨春山新诗意，富阳新纸写淋漓”的审美大欣悦当中。但同时，世界性反社会主义逆流的涌起和 1985 年国内资产阶级自由化思潮乘机泛滥，又使他心怀忧患。国庆过后，诗人来到长江三峡作《三峡行》（8 首），在盛赞“高峡出平湖”的改革新气象时，更抒写了历史忧思中不畏任何险阻的战士情怀。在昔日的白帝城旧址，他心思如沸：“史读‘托孤’忆蜀忧，诗诵‘依斗’感杜愁。不尽长江今来我，白帝叶红第几秋?”针砭辜负先人的阿斗，忆起杜甫“每依北斗望京华”的“杜愁”。他预感战斗未有穷期，托物言志，意气风发：“夔门又雨何足畏，滟滪千堆过来人!”胸中鼓荡着真理必胜的信念。在 1985 年后进一步发展的逆境中，诗人写成于故乡山东的《故乡行》（11 首），集中表现了挑战逆动势力的气概。“往事如涛曲阜夜，起听新歌‘大道行’。”他“抚鲁壁”思接千载，诉说必须坚守社会主义阵地、秉持共产主义世界大同的初心；又借赞颂泰山，高扬砥柱立天的大无畏精神——“几番沉海底，万古立不移。岱宗自挥毫，顶天写真诗”；他写泰山顶遇风寒，彰显的是逆风临险却理想高远的志气——“难阻日观峰上去，纵目万里海浪中”。

1991年冬，诗人患重疾入院治疗，第二年春出院赴杭州疗养，病情稍苏后与夫人柯岩结伴作“三江两湖之游”。当时“苏东巨变”已成，有人歪曲邓小平“南巡”讲话，再次掀起逆浪。他此时写成的《富春江散歌》（26首）继续表达对逆动势力的征讨以及对共产主义事业的坚信：“壮哉此行偕入海，钱江怒涛抒我怀。一滴敢报江海信，百折再看高潮来！”他临富春江观鱼，一吐愤闷与凌厉之气；痛饮于“三江两湖”，释放非常时期共产主义者的无限赤诚；笑谈范蠡泛五湖去国的旧事，吐诉忧心现实、批判现实的壮思。他来到新安坝下，遥想毛泽东等历史巨人“高峡出平湖”的理想和筚路蓝缕之功，升腾起历史不容割裂、革命不容虚无的庄严情思，发出“请教再问‘甲申祭’，黄河渡后今何夕”的诘问，喊出坚持改革、坚持社会主义道路的呼声。

1997年十月社会主义革命80周年前后，诗人接连自度《咏南湖船》《怀海涅》两首长篇散体，回顾共产主义运动和中国革命波澜壮阔的历程，寄忧患，斥逆流，向未来。他睥视“狂言‘终结’”“咒语‘告别’”（指海外的“历史终结”论和国内的“告别革命”论）的一丘顽劣，高高捧起“扶天倾，/补地裂，/导洪流，/警覆辙”的党心、诗心，寄言革命者“须察/千态万状，/当经/史检民择”，誓与少年后来者挽臂“红船”，劈浪破航，等等。见喜见忧，赤诚如炽，信无稍移。

贺敬之诗歌是延安精神的宁馨儿。诗人历抗日战争和解放战争、社会主义革命和建设、改革开放三大历史时期，从《白毛女》到《放歌集》到《心船歌集》，剧诗、新诗、歌词、新古体诗，一路高响，吐纳风云，构成了一道人民革命和社会主义奔腾澎湃的诗歌长河。阅读诗人一路走来的诗篇，仿佛走进历史的千山万岭，听延水波涛，观泰山日出，览钱塘潮汛，心中升腾起民族文化和革命文化的自豪感。“北风那个吹，/雪花那个飘”；“花篮的花儿香，/听我来唱一唱”；“生，一千回，/生在/中国母亲的/怀抱里，/活，一万年，/活在/伟大毛泽东的/事业中”……这些冲荡不息的清音大吕，几十年来回荡在祖国大地和人民群众的口中和心中。和那些世界性大诗人一样，贺敬之总是以巨大的革命激情和活力，关注时代及其实际问题，把自己的创作与时代、与人民的命运紧密地结合在一起。诗是他的生命形式，同时也是他发自心灵的战斗号角。他的诗歌没有靡靡之音，没有空头口号，充盈着历史的正音、战士的呐喊。他来自人民百姓，走向人民百姓，唱着人民百姓所要求期盼、喜闻乐见的歌声。

在20世纪中国诗歌史上，贺敬之是继郭沫若、臧克家、艾青、田间之后又一座丰碑。郭沫若是中国“现代第一诗人”（闻一多语），他站立世纪之初放号，以《女神》横空出世，创中国诗歌划时代新声。到三四十年代之交，艾青以《大堰河——我的保姆》《向太阳》《吹号者》《火把》等一系列名篇，承继光大“五四”诗歌和左翼诗歌传统，以坚定的人民诗学原则，创造了真善美统一的时代诗情。此后，贺敬之立足辩证唯物论和历史唯物论，护持人民诗学，营构社会主义诗学。他是郭沫若之后革命的浪漫主义诗歌又一提琴手，在张扬浪漫主义共性的同时，看重抒情主体的革命性和实践性品格，突破“主情即浪漫”的套路，以“‘主观’和‘客观’、‘思想’和‘感情’相融合”的思情的高扬，创新了中国现代浪漫主义的诗学内涵。他以民族化、革命化、群众化的“剧诗抒情”以及相关的歌剧理论，从一个重要方面，即文学语言方面，奠定了民族新歌剧的抒情审美范式。他和郭小川一起创辟了一个政治抒情诗派，感应人民意志，高扬时代正音，引领了一代抒情诗风。他根据现代汉语的特点，吸收传统诗学重视意境创造等优长，兼取自由体新诗自由奔放的气势，改造外来“楼梯体”形式，创构了具有民族特色的楼梯式新诗体。他在李季、阮章竟成功创建民歌体叙事诗之后，以取向豪迈瑰玮的风格与经验，与郭小川、闻捷、严阵、梁上泉、雁翼等或兼有婉约类抒情互为补充，在抒情诗领域为发展自由体新诗和完善民歌体新诗提供了新的经验，为中国诗歌的现代抒情开启了新境界。他的新古体诗，超越“近体”又不等于“古体”，大体以现代汉语为基础，以“或长或短、或五言或七言的近于古体歌行的体式”，创造新意境，唱述新感情，讲究凝练、曲包，与同道者一起，为中国诗歌体式的建构提供了又一种可能性。1980 年代以来，他热情支持新诗的探索，多次提出要“进一步向包括西方现代派诗歌在内的一切外国诗歌吸取有益的东西”，但是坚决反对“丧失我们民族的主体性而一切以西方现代派为圭臬”。和艾青、臧克家、绿原、公刘等著名诗人及批评家一起，坚持了中国诗歌发展的正确道路。

贺敬之诗歌的成就是一个客观存在，经受了延安以来人民百姓和诗歌运动的检验。但是错误思潮在歪曲和反对革命诗歌、社会主义诗歌的时候，总要践踏经典，贬损包括贺敬之在内的著名诗人。令人高兴的是，这些年来随着民族复兴伟大事业的推进和社会主义精神的提升，意识形态领域正气开始上扬。中小学语文教材的编选者把前些年删减的贺敬之等左翼文学和社会主义文学精品再次召回，一些高校文科重新重视这“红色经典”的分量。湖北长江文艺出版社隆重推出这部《贺敬之诗新选》，也正是对这新的时代风气的积极感应。由于这个缘故，我们振奋了建设社会主义文化的信心，并乐观地与同志们一道前行。

2018 年 7 月 12 日

目　录

一九六二年 / 1

南国春早 / 3

访崖山 / 4

一九七六年至一九七八年 / 7

饮兰陵酒 / 9

赠诗友 / 10

题徐州绘画馆 / 11

一九八二年至一九八三年 / 13

陕西行（十一题选八题） / 15

应《大风》编者索题 / 20

一九八五年 / 21

青岛吟（九题选八题） / 23

胶东行（十一题选九题） / 27

荆州行(五首选四首) / 33
三峡行(九首选七首) / 35

一九八六年 / 39

南粤行(十三首选十一首) / 41
哲盟行(八题选六题) / 45
题长春京剧团 / 48
老人节访延边(九题选八题) / 49
江城吉林二题(选一题) / 53
重访桂林(六首选五首) / 54
青州三题 / 57
过洞庭湖(二首) / 59

一九八七年 / 61

故乡行(十五题选十三题) / 63
访石花洞 / 69
戏赠某同志罢某官 / 70

一九八八年 / 71

再访桂林(六首选五首) / 73
灵渠“三将军墓”前有感 / 75
题赠台儿庄酒厂 / 76
再访胶东(四题选三题) / 77
枣庄行(四题) / 80
本溪二首 / 83

冬郊观梅寄梅行同志 / 84

一九八九年 / 85

云南行(四首选三首) / 87
洞房留影 / 90
咏山海关老龙头 / 91

一九九〇年至一九九二年 / 93

观文艺会演有感 / 95
会见印度西孟加拉邦共产党总书记乔蒂·巴苏 / 96
访仙游寺 / 97
赞李东辉同志 / 98
大观西湖 / 99
莫干山二章 / 100
题刘政回忆录 / 101
笑说铁观音 / 102
富春江散歌(二十六首) / 103

一九九三年至一九九五年 / 115

川北行(十五题选十一题) / 117
百年纪念 / 130
槽渔滩诗草 / 131
访德阳、绵阳三题并序(选二题) / 133
九四年昆明四首(选二首) / 136
贺雨来中学成立 / 137

咏徐州 / 138

一九九七年至一九九九年 / 139

题汤显祖纪念馆 / 141
题古塞同志画兰石 / 142
怀海涅
——纪念海涅诞生二百周年 / 143
咏南湖船 / 146
咏黄果树大瀑布 / 149
“九八抗洪”看文苑 / 150
题茅台诗会二章 / 151
致魏巍同志 / 152
散歌纪行(三首选二首) / 154
访神农架(外一首) / 156
漳浦剪纸艺术节 / 157
乌石荔枝园 / 158
东山岛寡妇村 / 159
漳州红军纪念碑 / 160
漳州南山寺 / 161
参观徐竹初木偶艺术馆 / 162
访郑成功纪念馆 / 163
苏北三题(选二题) / 164

二〇〇〇年至二〇〇二年 / 167

《中国诗酒报》嘱题 / 169
题杨竹画雪竹图 / 170

记杭州孟庄创作之家 / 171
观张文俊巨幅山水 / 172
观贺成国画展答同观者问 / 173
访平顶山 / 174
过宝丰酒厂 / 176
谒三苏祠 / 177
游风穴寺 / 178
登风穴寺望州亭 / 179
歌汝瓷新生 / 180
歌汝州温泉 / 181
龙庆峡 / 184
记某退休老同志 / 185
滇西三题(选二题) / 186
马年贺卡选二 / 188
即事戏作 / 189

二〇〇五年至二〇一四年 / 191

感谢江西 / 193
赠诗人王德祥 / 194
观画家赵志田同志大型绘画《烽火太行》 / 195
题《戴明予同志纪念文集》 / 196
谢画家王春仁 / 197
赠文艺评论家艾斐 / 198
悼诗人白莎 / 199
台儿庄散歌(十二首) / 201
“老马识途”漫思 / 206
题迁安贯头山酒厂 / 208

登白云山述怀 / 209
贺小柯八十华诞 / 211
访黛眉山龙潭大峡谷 / 212
题刘振起将军画葡萄 / 214
游台儿庄运河湿地公园 / 215
祝翟泰丰同志八十寿 / 216
游黄山感怀 / 217
祝徐光耀同志九十寿 / 218

附　录 / 219

《贺敬之诗书集》自序 / 219
《贺敬之诗书二集》自序 / 223
贺敬之主要创作经历及作品 / 陆华　杨娟 / 226
江山留韵律　日月寄诗魂
——贺敬之"新古体诗"印象记 / 吴奔星 / 235
之江报潮信　壮怀读贺诗
——读《贺敬之诗书集》/ 贯漫 / 239
贺敬之新古体诗简论 / 丁正梁 / 253
贺敬之新古体诗论:钱江怒涛抒我怀 / 高昌 / 265
贺敬之与新古体诗 / 易行 / 270

编后琐语 / 273

一九六二年

南国春早

一

红豆相思子，
木棉英雄花。
南国春无限，
海角连天涯。

二

相思心结子，
英雄情著花。
北客望春色，
浩歌忆风沙。

广州歌剧话剧儿童剧座谈会后。
一九六二年三月

访崖山

广东新会县境内西江入海处有崖山，又名崖门山。南宋大臣张世杰、陆秀夫立赵昺为帝，在此抵抗元军，兵败，陆秀夫负赵昺投海死，宋亡。

一

青山断处崖门开，
明灭塔灯古炮台。
此时花发英雄树，
南海烟波入镜来。

二

危石孤舟水茫茫，
今见崖山古战场。
春风无兴叹赵昺，
喜说开山黄道娘①。

① 原注：即黄道婆，元代女纺织家，此地民间称此名，传说有开山神力。

三

春雨同舟泛银湖①。
笑问客来诗有无？
指点崖门千古事，
又展新村规划图。

四

紫荆红棉绿蕉林，
古墓苍苔旧碑文。
但寻新景问新路，
先访今人后古人。

五

北望青山南望云，
伤心何处写丹心②。
零丁洋上翻新浪③，
破晓红旗扫旧痕！

一九六二年三月

---

① 原注：崖山有新修水库，以“银湖”名之。

② 原注：民族英雄文天祥被俘后押于船上，过零丁洋时写下名诗“人生自古谁无死，留取丹心照汗青。”

③ 原注：零丁洋在珠江口外，距此不远，文天祥同一诗有“零丁洋里叹零丁”句。

一九七六年至一九七八年

饮兰陵酒

一九七六年十月“文革”结束，十一月我获解放，解除监督劳动归来后，得饮家乡兰陵美酒，并诵李白诗：“兰陵美酒郁金香，玉碗盛来琥珀光。但使主人能醉客，不知何处是他乡。”

太白何处访？
兰陵入醉乡。
我来千年后，
与君共此觞。
崎岖忆蜀道①，
风涛说夜郎②。
时殊酒味似，
慷慨赋新章③。

一九七六年十一月

---

① 新注：蜀道，唐代李白701年生于中亚碎叶，705年随父迁居西蜀绵州(今四川江油)，有诗《蜀道难》。贾漫著《诗人贺敬之》：“1938年底，贺敬之随着流亡的师生……踏上了当年李白走过的道路。……梓潼已是蜀道的南端。”1940年4月，从梓潼北上，奔赴延安。

② 新注：夜郎，唐肃宗时永王李璘讨伐“安史之乱”，因被疑忌而遭灭；李白作为李璘幕府受到牵连而获罪，流放夜郎。1975年3月，贺敬之被送石景山钢铁厂“长期下放，监督劳动”（“四人帮”批示）。

③ 新注：新章，1976年10月贺敬之写有《中国的十月》，欢呼粉碎“四人帮”以及其他新作；并被安排到文化部核心组重新开始工作。

赠诗友

诗心未负江山债，
诗人非属江郎才。
历难更开新诗境，
黄河九曲诗汛来！

一九七六年十二月

题徐州绘画馆

英雄百代忆淮海①，
山川万里思云龙②。
遥想放鹤今归鹤③。
倾心拭目看丹青。

一九七八年七月

---

① 原注：指淮海战役。
② 原注：指徐州市风景区云龙山。
③ 原注：云龙山上有宋代建放鹤亭，苏轼为之作《放鹤亭记》。

一九八二年至一九八三年

陕西行（十一题选八题）

一九八二年十一月党的十二大后，有陕西之行，途中作以下诸诗。

谒黄陵

风云四十载，
几度谒黄陵。
古柏今犹绿，
战士白发生。
不问挂甲树①。
但听征马鸣。
指南车又发②，
心逐万里程！

---

① 原注：黄陵轩辕庙内有一古柏，树身满布战甲状斑痕，相传汉武帝西征归后曾挂甲于此。

② 新注：指南车，传说为黄帝所发明。黄帝与蚩尤作战，“蚩尤作大雾，弥三日，军人皆惑”。黄帝遂造指南车以指方向，即擒蚩尤。诗人用喻党的十一届三中全会以来的方针路线。

登延安清凉山

我心久印月①,
万里千回肠。
别后定痂水②,
一饮更清凉。

访西安八路军办事处

死生一决投八路,
阴阳两分七贤庄③。
四十二载访旧址,
少年争问路短长。

皇甫村怀柳青（二首）

长安县皇甫村，为作家柳青同志长期深入生活并死后归葬之地。

---

① 原注：清凉山上有“月儿井”，井旁有印月亭，自亭边透过石缝下看十余丈，有月影自水底涌出。

② 原注：“定痂泉”为清凉山又一景。相传有僧割己肉救饥鹰，伤口不愈，来此泉一洗而结痂，因以名之。

③ 原注：原西安八路军办事处所在地名七贤庄，一九四〇年作者经此投奔延安。现为纪念馆。

一

床前墓前恍若梦[①]，
家斌泪眼指影踪[②]。
父老心中根千尺，
春风到处说柳青。

二

长安文章盛千年，
少陵、樊川、马河滩[③]。
杜甫诗忧黎元难，
柳青史铸创业艰。
狂夫路迷终南径[④]，
浪子魂抛乐游原[⑤]。
泾渭已明落叶扫，
新苗伴我立墓前。

昭　陵[⑥]

逝者应使生者忆，
后人当越前人迹。

---

① 原注：柳青弥留前作者到病床前探望，此次来墓前默哀。

② 原注：王家斌，柳青长篇小说《创业史》人物梁生宝原型。

③ 原注：少陵、樊川均为古长安市郊地名。唐代诗人杜甫自称“少陵野老”，杜牧有《樊川文集》。马河滩，皇甫村附近之荒滩，柳青小说中曾有描写。

④ 原注：古代成语“终南捷径”。终南山在长安县南。

⑤ 原注：乐游原，在西安市郊，汉宣帝于此建乐游苑，历代沿为游乐之地。

⑥ 原注：昭陵为唐太宗李世民墓。

昭陵一望长安道，
万里今非旧马蹄。

访扶风

班、马尔后豪士谁①？
诸葛六出愧扶郿②。
昨夜梦闻彭总令③，
岐下新风兼程飞④！

游华清池

华清人物安可数⑤？
温泉依旧过客无。
曦照骊山增颜色，
群峰共仰罗健夫⑥。

---

① 原注：东汉史学家班固、优波将军马援均为扶风人。

②③ 原注：诸葛亮六出祁山战败，殁于郿县西之五丈原。郿县与扶风县连界，古属扶风郡。解放战争中，彭德怀司令员指挥“扶郿战役”获大胜。

④ 原注：扶风西北有岐山，相传周初有凤鸣于此，古语云：“凤鸣岐山”。

⑤ 原注：华清池温泉风景区，在骊山侧，为古帝王游宴处，有唐明皇、杨贵妃遗迹。一九三六年十二月，蒋介石居此被捕，史称“西安事变”。

⑥ 原注：罗健夫，科技战线特等劳动模范，航天部陕西骊山微电子公司工程师，优秀共产党员。科研工作创优异成绩，无私奉献，积劳成疾，英年早逝（一九八二年六月逝世，时年四十六岁）。

陆疗小住

挥泪别张垣①，
高歌进沧州②。
醒来骊山下③，
梅花开床头。
情亲梦中现，
泉暖心上流。
老兵登程去，
回望白云楼④。

一九八二年十一月

---

①② 原注：睡梦中再现解放战争时，作者经历张家口（张垣）撤退和解放沧州战役情景。

③ 原注：西北军区陆军疗养院在临潼骊山脚下。

④ 原注：白衣战士心如其服，洁如白云。

应《大风》编者索题

沉渣呼“崛起”①，
乌烟趁朦胧②。
信有猛士在，
登高唱大风③。

一九八三年十月

① 新注：指借“朦胧诗”之名，趁势作逆向引导的“崛起”论。

② 原注：所谓“朦胧诗”者并非尽为朦胧难解，思想倾向也并非完全相同。其中有思想与艺术俱佳的好诗，同时又确有乌烟瘴气之作混迹其名下，趁势弥漫。

③ 新注：大风，汉代刘邦有《大风歌》：“大风起兮云飞扬，威加海内兮归故乡。安得猛士兮守四方！”

一九八五年

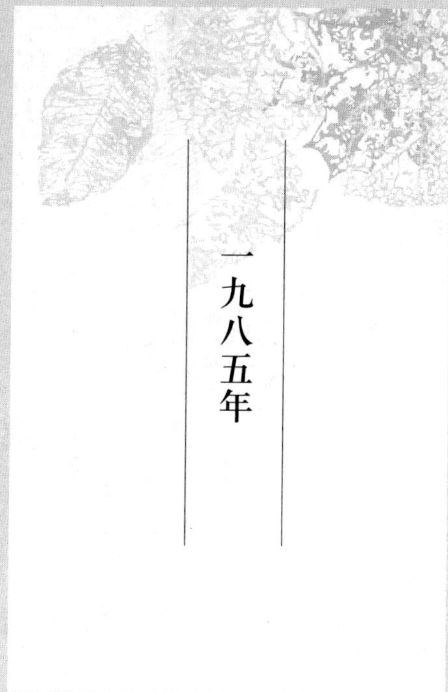

青岛吟（九题选八题）

访黄岛开发区

青山几番复完璧①，
黄岛一瞬增明珠。
开怀尽纳五洋水，
炯目长龙善澄污②。

八大关漫步③

碧桃雪松几重关？
烽火烟云恍惚间。
行到落樱小憩处，
又见海鸥搏云天。

---

① 新注：青岛曾被德国、日本长期霸占，美国也曾为支持国民党打内战在此长期驻军。

② 原注：新扩建远洋石油码头。新注：作者曾向编辑、朋友和读者们解释说："'善澄污'，就是要反对精神污染，就是既要坚持改革开放，'开怀尽纳五洋水'，又要很好地处理从大开的门窗里溜进来的苍蝇蚊子和一切垃圾。"（见贾漫《诗人贺敬之》319页）

③ 原注：八大关为宾馆、疗养区，有八条街道分别以"居庸关""山海关"等著名关隘为名。

应题居庸关路居处

关山花如云，
海天壮客心。
居庸岂庸居？
老骥洗征尘。

望石老人礁岩①

一

观海喜见潮，
听松乐闻涛。
风雨寻常事，
石老解逍遥。

二

观海心涨潮，
听松胸满涛。
笑谈牛山泪②，
兴寄岱峰高。

---

① 原注：青岛市区东濒海有一巨大礁岩，形如老翁。

② 原注：齐景公登临淄牛山，北望流涕云：“何滂滂去此而死乎？”后人讥之。

访竹岔岛

漫说荒岛神鸡声①，
几见当年红嫂情②。
曾护知侠抗劫难③，
我来倍感航灯明。

游崂山

黄山尽美恐非真，
山川各异似才人。
崂山逊君云如海，
君无崂山海上云。

咏崂山抗洪英雄群体④

西望华山颂群英⑤，
东看崂山又一峰。
神州生气终可赖，
思飞瀑洪热泪倾！

---

① 原注：此岛在青岛市区以南海域中，原无人烟，相传古有迷航船只至此闻“神鸡”鸣叫得救。

②③ 原注：刘知侠同志偕同来访。他在“文革”中受迫害时，被此岛群众保护，情景与他所著小说《红嫂》《铁道游击队》略同。

④ 原注：崂山山洪暴发，海军战士石坚率众抢险，英勇献身。

⑤ 原注：指数年前华山抢险英雄群体。

离青岛应索题

西上岱峰东去海，
仰天俯地几兴衰？
谁使“齐鲁青未了”[1]？
江山代有新人来[2]。

一九八五年四月二十四日至六月十日

①② 原注：借改古人诗句。

胶东行（十一题选九题）

访胶县

晏婴惊见新少海①，
东坡泪喜无弃孩②。
同来非乘徐福舰③，
文明两花信可摘。

题田横岛

史家是非暂勿论，
中华千秋浩气存。
田横五百殉此岛④，
涛声如鼓告来人。

---

① 原注：胶州湾古称少海，齐国宰相晏婴曾随景公游此。

② 原注：胶县城北宋时属密州治，苏轼任太守时诗作有句“洒泪循城拾弃孩”。

③ 原注：清黄体中有句“海船一去无消息，徐福当年赚始皇”。

④ 原注：秦末齐王田横兵败，率五百徒属退据此岛。刘邦称帝后，田横被召，赴洛阳途中自刎。岛上五百士闻耗慷慨激愤，全部自尽。

咏烟台

一

神驼待飞饮碧海[①]，
向天大道此日开。
佳音惹人尽东望，
高耸驼峰是烟台。

二

经天纬地重安排，
多少雄略英俊才。
知有黄金足招远[②]，
亦需文章胜蓬莱[③]。

三

不令儿辈朱颜改，
还向红旗抒壮怀。
明日飞过三山去[④]，
犹带昆嵛歌声来[⑤]。

---

① 原注：山东省域图状如骆驼。

② 原注：招远，烟台地区黄金主要产地。

③ 原注：李白诗“蓬莱文章建安骨”，杜甫诗“忆献三赋蓬莱宫”。另，蓬莱县，现属烟台地区。

④ 原注：古代传说东海有蓬莱、瀛洲、方丈三神山。

⑤ 原注：昆嵛山为胶东著名革命根据地之一。

登蓬莱阁

果然蓬莱神仙境！
沧桑却与人间同。
五日东坡悲灶户，①
十年南塘成水城②。
将军斗书浇块垒③，
元勋珠句慰平生④。
我今登阁增感慨，
江山多难复多情。

访刘公岛

来访刘公岛，
往矣甲午云⑤。
永念邓管带⑥，

---

① 原注：北宋苏轼（号东坡），来蓬莱任登州府守仅五日即他调。在此五日中作《乞罢登州榷盐状》，请朝廷废盐官卖，以解民困。灶户，即以煮盐为生者。

② 原注：蓬莱水城，宋至明代海军基地。明民族英雄戚继光（号南塘）任蓬莱军职时，在此练军并指挥抗倭斗争。

③ 原注：一九三四年五月，冯玉祥将军手书大家“碧海丹心”刻石于阁内。

④ 原注：一九六〇年与一九六四年，叶剑英与董必武同志先后为蓬莱阁题句、赋诗。

⑤ 原注：刘公岛在威海卫港入口处，为清朝北洋舰队主要基地，水师提督衙门设此。中日甲午海战时，提督丁汝昌率舰队由此出发，于黄海海面投入战斗，后据守此岛，拒敌诱降，自杀殉国。

⑥ 原注：北洋舰队“致远”号军舰管带（舰长）邓世昌，黄海海战中临危不惧，率舰向敌舰冲击，被敌鱼雷击沉，全舰将士壮烈牺牲。

长忆丁军门①。
海涌英雄血，
山铸民族魂。
壮哉登故垒，
截印声犹闻②！

石岛访渔家

难忘石岛过端阳，
渔家酒浓米粽香。
恍与屈子解《天问》③，
行吟不去汨罗江④。

登成山头

一

天涯地角成山头，
千古兴亡去悠悠⑤。
秦桥入海渺难辨⑥，
雾笛长鸣过新舟。

---

① 原注：即丁汝昌。

② 原注：丁汝昌自杀前，命人将提督印截角作废，以防有人盗用。

③ 原注：《天问》，屈原著诗篇。

④ 原注：屈原投汨罗江自尽。

⑤ 原注：史载秦始皇两次巡此，汉武帝亦来过。后历经三国至清代，多次为兵家相争之地。

⑥ 原注：成山头南侧峭壁下有四巨石排列于急流中，相传为秦始皇造桥渡海之遗迹，恐不能确信。

二

山言海语论不朽，
英雄异代各千秋。
甲午悲歌沉“致远”①，
日主祠下起高楼②。

咏长岛

长岛览秀如酣饮，
复我诗人少年心。
踏歌海市蜃楼境，
握手灵异神仙群。
一宿条条玉石街③，
双睫层层珍珠门④。
五载创业惊大步⑤，

---

① 原注：成山头正东海面为甲午海战之战场，邓世昌沉没“致远”号舰殉国。

② 原注：秦始皇周游天下，曾建庙祀八主，其中三座在胶东。导游言建于成山头者为日主祠，因已无遗迹，有学者持异议。

③ 原注，据《烟台风物志》载：南北长山岛之间，原无陆路可通。传说唐太宗曾统军驻南岛，大将尉迟敬德驻北岛，来往唯可乘舟，因语敬德曰：“如有路可通，吾每日来探望一次。”上天感其情义，当夜狂风大作，飞浪走石。天晓果见两岛之间一长街耸出，因名“一宿街”。又因通路皆珠玑石，故又名“玉石街”。

④ 原注：长山列岛中，挡浪岛与北长山岛对峙如门，门外水域盛产海珍品，因名“珍珠门”。

⑤ 原注：长岛县经济发展从党的十一届三中全会后起步，至今年人均收入已列烟台市属各县之冠。

十年飞鸟信凌云[1]。
朝见海田展画卷，
夜听涛声数足音。
此景此情不须酒，
长岛醉我动歌吟。

别长岛题留

心如地厚胶辽盾[2]，
志若石坚蓬莱群[3]。
海虐风狂巍然立，
长岛春在长岛人。

一九八五年五月至七月

---

① 原注：南长山岛烽山上立一巨鸟雕塑，象征长山岛社会主义建设事业腾飞。县委提出到一九九五年提前翻两番，并提出“飞鸟型”经济结构的发展方针。

② 原注：长山列岛地形如盾，连接胶东与辽东，地理学称之为“胶辽盾”。

③ 原注：长山列岛为岛链式基岩群岛，属上元古界之“蓬莱群”岩性。

荆州行（五首选四首）

去荆州、洪湖道中

身游云梦千年境[1]，
思涌洪湖浪打中[2]。
访古问今增豪气，
不虚此日荆州行。

访郢都纪南城废址[3]

阡陌纵横纪南城，
莲根深处是楚宫。
江山几度劫火后，
《哀郢》一赋不尽情[4]。

谒洪湖烈士塔

洪湖涡漩甘苦汨[5]，

---

① 原注：荆州、洪湖一带属古代云梦泽范围。
② 原注：歌剧《洪湖赤卫队》有“洪湖水，浪打浪”。
③ 原注：荆州城战国时为楚都郢，纪南城即楚王宫。
④ 屈原作《九歌》之一：《哀郢》。
⑤ 原注：洪湖革命烈士塔左右临近洪湖与长江。

长江帆行顺逆风①。
尺纸片时难尽写，
征程万里心潮中！

赠荆州、江陵地县领导②

风华年少经纶手③，
江陵一见意气投。
天广地阔红旗在，
信不大意失荆州④。

一九八五年十月二十日至二十六日

---

① 原注：洪湖革命烈士，土地革命中除牺牲于敌人手中者外，不少是一九三一年在“左”倾路线下肃反中冤死者。

② 原注：荆州、江陵地县两级治所同为一地。

③ 新注：经纶手，即治理国家的能手。宋代辛弃疾《水龙吟》：“渡江天马南来，几人真是经纶手？”

④ 原注：《三国演义》小说中有关羽“大意失荆州”情节。

三峡行（九首选七首）

访三峡工程指挥部

久梦平湖出高峡①，
禹牛待命望京华②。
屈子回棹向故里③，
神女俯身欲浣纱④。

秭归访屈原祠

隐约江声似《九歌》⑤，
此去汨罗路几何？
《招魂》当应“归乡赋”⑥，
寻迹到此热泪和！

---

① 原注：毛泽东一九五六年《水调歌头·游泳》：“更立西江石壁，截断巫山云雨，高峡出平湖。”

② 原注：西陵峡有黄陵庙，旧有大禹及神牛塑像。

③ 原注：西陵峡中段秭归县，为屈原故里。

④ 原注：指巫峡神女峰。

⑤ 原注：屈原祠在秭归城长江边。《九歌》，屈原作品，根据其生前流行于此地及楚国南部民间祭神乐歌加工创作。

⑥ 原注：《招魂》，《楚辞》篇目，作者宋玉或疑为屈原。

宜昌三游洞远眺

巍巍葛洲坝①，
悠悠西陵峡。
诗来三游洞②，
喜至亿万家③。

游小三峡④

神女思嫁眸映霞⑤，
巫山北望意中家。
此去巫溪仙乡路，
宁河百里小三峡。
殷勤主人伴我游，
惊见此处风景佳。
轻舟如云入梦幻，
归来还梦舟再发。
峰峦滴翠润红颜⑥，
天泉飞雨消白发⑦。
一重景色一声叹：
美到何处是天涯？

---

① 原注：指长江葛洲坝大型水利工程。

② 原注：宜昌市西岩洞风景区，为唐代诗人白居易、元稹、白行简三人游此发现，因以“三游洞”名之。

③ 原注：三游洞上有“至喜亭”，宋代欧阳修撰记云：“江出峡，始复为平流。故舟人至此者，必沥酒再拜相贺，以为更生。”因以此意名亭。

④ 原注：小三峡，在巫山县境，大宁河北溯至巫溪县一段峡谷。

⑤ 原注：神女峰在巫山顶上。

⑥⑦ 原注：“峰峦滴翠”、“天泉飞雨”为小三峡著名景点。

返问云端归宁女，
夫家称心含笑答。
临别举杯歌此曲，
愿伴年少舞轻纱。

至奉节闻远方讯有思

史读“托孤”忆蜀忧①，
诗诵“依斗”感杜愁②。
不尽长江今来我③。
白帝叶红第几秋？

登白帝城答友人问候④

列阵群峰激壮心，
高城千尺竞登临。
目送杜甫长江浪⑤，
袖扫宋玉巫山云⑥。
但倚赤甲呼征鼓⑦，

---

① 原注：蜀帝刘备在白帝城临终前托孤（阿斗）于诸葛亮，现城上有此段史事群塑。

② 原注：杜甫《秋兴八首》中句“每依北斗望京华”。后在奉节城南门外长江岸立有“依斗门”，迤东山巅上为白帝城。

③ 原注：杜甫夔州诗之一《登高》句“无边落木萧萧下，不尽长江滚滚来”。

④ 原注：城在白帝山上。东汉初，公孙述踞此称帝，自号白帝，建此城，因以名之。

⑤ 原注：杜甫《登高》，诗中意见前。

⑥ 原注：宋玉《高唐赋序》中述楚怀王梦巫山神女，“旦为朝云，暮为行雨。”

⑦ 原注：赤甲山，瞿塘峡群山之一。

岂对白帝输病身？
夔门又雨何足畏①，
滟滪千堆过来人②！

访长阳③

此行此生记长阳，
山长水长情谊长。
青山多留巴人迹④，
少年还唱贺军长⑤。
歌向何处路何方？
心同人亲话衷肠。
生日何须问生地⑥，
长阳亦是我故乡！

一九八五年十月二十八日至十一月五日

---

① 原注：瞿塘峡口，两侧石壁对峙，是为夔门。

② 原注：滟滪堆，在瞿塘峡口江流中，为长江著名险滩。

③ 原注：长阳土家族自治县，有新石器晚期中国古人化石“长阳人”。土地革命时期为湘鄂川黔红色根据地之游击区。改革开放以来，经济发展，文化工作有新经验。

④ 原注：巴人，古族，相传周代以前居长阳武落终离山，现仍有古城堡等遗迹。

⑤ 原注：指创建湘鄂西根据地时的贺龙同志。

⑥ 原注：来访次日，为作者六十一岁生日，主人已先知。

一九八六年

南粤行（十三首选十一首）

访深圳蛇口区

我有梦魂系南国，
伶仃丹心今如何①？
蛇口仙境频拭目②，
夜语女娲思绪多。

宿大鹏湾小梅沙

快哉南风至，
此岸归仙槎③。
十年话沧海，
一宿小梅沙④。

题深圳云南大厦

西山山之西⑤，

---

① 原注：文天祥诗《过零丁洋》。
② 原注：蛇口区海滨拟建女娲塑像，人首蛇身，喻女娲补天之意。
③ 原注：古代传说汉张骞乘槎泛天河不归。
④ 小梅沙大酒店造型如船。
⑤ 原注：西山为云南昆明名胜。

云南云之南。
心桥通万里，
情重米线牵①。

访桂山岛

宝岛无觅垃圾尾②，
桂山史留英雄碑③。
情蘸南海如泼墨，
写我百年两腾飞④！

访珠海市留赠

明珠沉沉藏心海，
一朝心开明珠来。
访此更解春风意，
心花宜地处处栽。

珠海市渔女塑像前留影

观此渔女美，

---

① 原注："过桥米线"为云南风味小吃。

② 原注：桂山岛处珠江口与香港之间，原异常贫穷，海流常浮香港垃圾堆聚于此，故岛名旧称"垃圾尾"。党的十一届三中全会后，经济发展出现腾飞趋势，成为全省两个文明建设先进单位。

③ 原注：一九五〇年，万山群岛战役为解放中国大陆的最后一战，此战中，我机帆木船"桂山"号在垃圾尾海面击溃国民党舰群。解放后立纪念碑并改岛名为"桂山岛"。

④ 新注：两腾飞，一指新民主主义革命，创建新中国；二指社会主义革命和建设，建成现代化强国。

我思鲛绡泪[①]。
珠海展新帕，
摄得笑容归。

访中山市

有超先生百年志，
无负侨胞万里心。
翠亨一椽引思远[②]，
凌霄几重此登临[③]？

登西樵山

寸心无桥成绝道，
万里有情皆故园。
一别西樵几风雨？
飞流下处又凭栏[④]。

珠江口观赛龙舟后赴诗会[⑤]

珠江端阳看龙舟，
龙腾信能九天游。
报得屈子求索意[⑥]。

---

① 原注：古籍载，传说南海有鲛人，滴血泪成鲛绡帕。

② 原注：翠亨村中山故居有中山先生手书楹联“一椽得所，五桂安居”。

③ 原注：访此当晚登中山国际大酒店二十三层旋转餐厅。

④ 原注：一九六二年来西樵山，曾在“飞流千尺”景点留连。

⑤ 原注：与南海县委及盐步区委同志同观龙舟比赛后，参加当地举办的“锦龙诗会”。

⑥ 原注：屈原《离骚》句“路漫漫其修远兮，吾将上下而求索”。

我心如粽诗海投①。

夜登广州电视塔顶

极目南天望废兴，
燎原星火万家灯②。
忽忆“体、用”有一论③，
孔马混同待争鸣④。

访广州南华西街先进文明单位

百业一心两文明，
羊城取得南华经。
南风吹人醒非醉，
繁花更映木棉红。

一九八六年六月三日至十八日

---

① 原注：与南海县委及盐步区委同志同观龙舟比赛后，参加当地举办的“锦龙诗会”。

② 原注：主人指广州农民运动讲习所旧址于万家灯火之中。

③ 原注：曾闻一种议论，把坚持改革开放政策与坚持马克思列宁主义基本原理对立起来，把二者的统一说成是清末洋务派的“中学为体，西学为用”。

④ 原注：此一议论把马克思列宁主义、毛泽东思想混同于孔孟之道，一律视为不应再为“体”的“中学”。

哲盟行（八题选六题）

访木里图镇

塞外访明珠，
惊见木里图。
嘎查一夕话①，
北京十年书。

访通辽西喜嘎查

绿浓红深沙漠间，
寻访归来夜难眠。
延水声中党课后，
今师蒙汉两金山②。

---

① 原注：嘎查，蒙语“村庄”之意。

② 原注：“两金山”，指包金山和郭景山两同志。乡党委介绍：“这里有两个金（景）山”。包金山，蒙族，本村党支部书记，带领本村蒙、汉等各族人民治理沙漠，改变落后面貌，多次被评为盟、县优秀党员。郭景山，汉族，本村最老的党员，模范事迹感人。去年重病去世，临终在遗嘱中告党支部重视科技工作，并交上最后一次党费。

访霍林河煤城不达[1]

通辽北向霍林河，
情漾草原似牧歌。
扎旗遇雨煤城阻，
却探心矿知金多。

游大青沟[2]

天降碧宫隐沙海，
塞外桃源待时开。
新妆菊娘为东道[3]，
笔会八方少年来[4]。

谢赠麦饭石样品

重稀土无价，
麦饭石有神[5]。
更见可贵者，
哲盟兄弟心。

---

① 原注：去霍林河煤城途中遇大雨，到扎鲁特旗后路毁不能前往。蒙旗委同志热情招待，交谈甚欢。

② 原注：大青沟为沙漠绿洲，哲盟著名风景区。

③ 原注：此地流传的神话中之女神菊丽玛，为保卫草原与女魔尼格勒格斗而死，其身化为大青沟，其血化为枫叶，其泪化为泉水。

④ 原注：参加“草原笔会”的各地少数民族作家多为青年人，来此同游。

⑤ 原注：开采稀土，加工麦饭石，为改革开放后哲盟矿业生产及外贸之重点项目。

参观哲盟博物馆麦新烈士史迹①

碧血塞上几经春?
大刀一曲忆战云②。
岁岁清明碑前祭,
蒙汉万口念麦新。

此行未到麦新镇③,
梦中呼名会故人④。
老友新姿可告慰:
什九未改战士心!

---

①②③ 原注:麦新同志,抗日战争初期以所作《大刀进行曲》闻名全国。解放战争期间,从延安到哲盟地区工作,后在保卫开鲁地区的战斗中英勇牺牲。蒙、汉等各族人民为他立碑纪念,并把他生前战斗的地方命名"麦新镇"。

④ 原注:延安时期,作者有歌词多首由麦新作曲。

题长春京剧团

满园花似锦，
艺苑多新人。
长春有京剧，
京剧能长春。

一九八六年七月

老人节访延边（九题选八题）

定“八·一五”为老人节，始自延边朝鲜族自治州。作者于一九八六年应邀赴此节日盛会。

过镜泊湖

君心未眠奔地火，
曾误君名为静波。
心托明镜非冥静，
日运月行此中泊。

车行长白林区

谁道林海新绿生，
风景从此不言红？
来看万松根到籽，
抗联血沃色赤诚。

题赠延边州委

山山金黛莱，
村村烈士碑。

红心振双翼，
延边正起飞！

朱德海同志墓前

此山长眠朱德海①，
子归大地母亲怀。
血火风雨革命路，
喜看新人身后来。

东盛乡老人节联欢②

长白晚霞变早霞，
倒转花甲成甲花。
青春少年邀我舞，
征程跟步又出发。

珲春国境线上题赠边防战士

边防卫边任，
珲春护春神。
战士千里目，
祖国十亿心。

---

① 原注：朱德海同志，朝鲜族人，延边自治州第一任党政主要领导人，延安时期军垦南泥湾，是三五九旅的老战士。

② 原注：东盛乡属延吉市，州委举办的老人节纪念联欢活动在此举行。

访中朝边界崇善乡

江山有界情无疆，
感此长白第一乡①。
图们江月共夜话：
律成、雪松、延水长②。

长白山天池短歌（十首选三首）

八

雄峰巨涛在云顶，
俊石羞波浓阴中③。
大小天池俱神异，
豪情柔情皆诗情。

九

唯有此等好河山，
堪为中华写容颜。
灿烂往昔千山后，
光辉来日万水前。

---

① 原注：崇善乡在长白山脚下，有“长白第一乡”之称。崇善镇南临图们江，对岸即朝鲜民主主义人民共和国。

② 原注：郑律成同志，原为朝鲜国人，抗日战争时期到延安后即定居中国。为著名革命音乐家，《解放军军歌》（原《八路军进行曲》）曲作者。另作《延水谣》亦广为流传，中有“延水长”句。另，丁雪松，郑律成夫人，外交家，汉族人。

③ 原注：小天池在天豁峰下不远，有密林浓荫围绕。

十

半生常饮未深醉，
纵有千喜与万悲。
为筹环球大同宴，
来倾天池试醉归①！

一九八六年八月

① 原注：别天池答敬酒。

江城吉林二题（选一题）

松花湖上口占

水明三峡少，
林秀西子无。
此行傲范蠡，
输我松花湖。

一九八六年八月

重访桂林（六首选五首）

漓江诗会席间

青山久违诉别意，
碧水重逢话逝波。
几经风雨知情重，
犹念《桂林山水歌》[①]。

漫步漓江题赠

山诚开肺腑，
水清见天心。
桂林贵真友，
漓江宜丽人。

访灵渠[②]

灵渠奇迹两千载，

---

① 原注：一九八六年十月间应邀赴漓江诗会。东道主于会上热情洋溢地重提一九五九年拙作《桂林山水歌》。

② 原注：灵渠在桂林市兴安县境内，为秦始皇时始修之大型水利工程，沟通湘、漓二水，联系长江与珠江两大水系。

堪与长城共壮怀。
振我腾飞十亿翅，
马嘶万里踏波来①。

重游九马画山

重来九马画山前，
雨过犹惊指鹿年②。
迷雾再遮诚可虑，
终经万目辨真颜。

游七星岩、月牙楼述怀

我生历忧患，
沧海见横流。
未折夸父志③，
老梦仍壮游。
决眦岱岳顶，
歌呼昆仑丘。
旧侣半辞世，
新知索题留。
千书无悔字，
万里心可剖。
桂林又举笔，
发落不悲秋。
思悟七星岩，

---

① 原注：渠道上马嘶桥、万里桥。

② 原注：秦二世时赵高指鹿为马。

③ 原注：中国古代神话“夸父追日”：渴饮河、渭不足，欲北饮大泽，未至渴死于道，弃其杖，化为邓林。

情解月牙楼：
天行回斗柄[1]，
大亏盈开头[2]。
莫叹路漫漫，
艰险固必由。
杖弃渴未死[3]。
追日有飞舟。
今再捧漓水，
同君析离愁。

一九八六年十月

① 原注：七星北斗，旧时有春联：“斗柄回寅万户春”。

② 原注：指月食、月相变化。

③ 原注：中国古代神话“夸父追日”：渴饮河、渭不足，欲北饮大泽，未至渴死于道，弃其杖，化为邓林。

青州三题

一九八六年十一月十日赴青州（潍坊市）参加出生于此的革命艺术家王大化同志逝世四十周年纪念会。会后市委孟副书记陪同游览云门山名胜。

赠孟副书记

青州诗会蒙相问①，
潍坊三日见情真。
感君同心怀大化，
征程共攀几云门？

应隋书记嘱题

人杰鬼雄思漱玉，
忧乐先后追范公②。
君为青州续青史，

① 原注：此前孟副书记邀我参加潍坊风筝诗会，我因事未能赴会。

② 原注：宋代大词人李清照曾随丈夫赵明诚在青州寓居。名相范仲淹曾任青州地方官。

心红当似“火炬红”[1]。

参观十笏园[2]

心有千里境，
宅仅十笏园。
勿觉陶公至，
更解天地宽[3]。

---

① 原注：“火炬红”，青州城区遍植南方移来之阔叶植物，秋后叶红挺出如火炬，此地称其名为“火炬红”。

② 原注：建于清光绪年间的古典式私家庭园，因占地面狭小故名。但园中所藏珍贵文化遗存甚丰。

③ 陶铸诗句：“心底无私天地宽”。

过洞庭湖（二首）

登岳阳楼

忧乐真见范公记①，
乾坤几浮杜甫诗②？
浩浩洞庭催来者，
岳阳楼上待新辞。

君山观云

浪拍千里洞庭岸，
石耸君山九亿年③。
我问斑竹悲喜泪④，
九疑云漫看征帆⑤。

一九八六年十二月

---

① 原注：岳阳楼上今存清人张照楷书宋代范仲淹《岳阳楼记》雕漆长屏。记中名句："先天下之忧而忧，后天下之乐而乐。"

② 原注：杜甫《登岳阳楼》诗"吴楚东南圻，乾坤日夜浮"。

③ 原注：地质学家测定，洞庭湖中君山岛石龄为九亿年。

④ 原注：君山上有斑竹，又称"湘妃竹"，相传为湘妃思念虞舜流泪滴竹成斑。

⑤ 原注：指九嶷山，即苍梧山，相传舜死葬于此，古籍称此山"罗岩九举，各异一溪，岫壑负阻，异岭同势，游人疑焉"，故亦称"九疑山"。

一九八七年

故乡行（十五题选十三题）

一九八七年秋，心载京中数月所感而偶有故乡山东之行。几年来见喜、见忧，心绪繁纷，尤以此番为最。此行数日内，或应人索题，或情不自已，匆促间草成“打油”多首。见之者问何不发表？我以“诗无律而思有邪，不敢广为示人”答之。实则诗无律事小而思有邪事大，因反资产阶级自由化又一次夭折，身处当时境遇，不得不避免又送“辫子”，再遭谣诼，以致又牵连其他同志也。

两年半后之今日，情况已远非昔比。《东风》副刊多次催稿，久却不恭，现将此旧稿重新抄出勉为应命。但不知作为往事之点滴记忆，还值得读者一顾否？

一九九〇年二月五日记

济南会友

泉城多真水①，
历下少虚情②。
故人故心在，
故乡问征程。

---

①② 原注：济南市处历山下，向称“泉城”，传有七十二名泉，市内自来水源多直接取自泉水。

游趵突、漱玉二泉

趵突思源远，
漱玉引情长①。
遥听“鬼雄”句②，
羡我访故乡。

应大明湖索题

湖想稼轩北固楼③，
泉思易安舴艋舟④。
唯愿二杰愁写尽，
从今鲁歌无隐忧。

---

① 原注：趵突泉源于泺水，《春秋》载鲁桓公会齐侯于泺。趵突泉旁有漱玉泉，宋代大词人李清照《漱玉集》因以取名。此泉旁有柳絮泉，相传为清照故居，新中国成立后傍此建李清照纪念馆（据考清照故居实在章丘百脉泉畔之明水镇）。

② 原注：李清照《五绝》：“生当作人杰，死亦为鬼雄。至今思项羽，不肯过江东。”

③ 原注：南宋大词人辛弃疾为济南市人。大明湖南岸遐园西北，一九六一年建辛弃疾纪念祠。弃疾号稼轩，有句：“何处望神州？满眼风光北固楼。”北固楼即北固亭，在江苏镇江市长江岸，辛曾两次登此并赋有名篇。

④ 原注：李清照号易安居士，其词《武陵春》中有句：“只恐双溪舴艋舟，载不动许多愁。”

访友倾谈①

愚不可及宁武子②，
难得糊涂郑板桥。
虽见玄坛纵黑虎③，
岂信黄粱新宋朝④！

曲阜夜

思接千载抚鲁壁⑤，
心游万仞攀岱峰⑥。
往事如涛曲阜夜，
起听新歌《大道行》⑦。

---

① 原注：友人斋中悬郑板桥“难得糊涂”行书帖。案上有《论语》、汤显祖《邯郸记》、潍坊杨家湾旧版财神年画等杂陈于报刊堆上。

② 原注：《论语》：“子曰：宁武子，邦有道则知，邦无道则愚。其知可及也，其愚不可及也。”

③ 原注：玄坛即赵公明，俗称赵公元帅。道教所奉之财神，坐骑黑虎。

④ 原注：《邯郸记》重写唐传奇黄粱梦故事。此夕与友人谈及：赵公纵黑虎、拜西天、倡“一切向钱看”，等等；但史籍未载赵公由此竟能继其先祖而得天下。征之各类传奇，均以粱熟梦破而终。其奈史何！

⑤ 原注：鲁壁即孔子宅壁。据《汉书·艺文志》载，汉武帝时鲁恭王从壁中掘出古文经书多种，推论为避秦火所藏。清以后学者多有怀疑此事者。

⑥ 原注：岱峰，泰山之峰。

⑦ 原注：参观曲阜后宿孔府旧址，久不能寐。起看电视播映山东艺术节舞剧《孔子畅想曲》。该剧以《礼记·礼运》篇“大道之行也，天下为公”全文为主题歌。

登泰山南天门即景[1]

此境天生抑人生？
相遇竟在不遇中。
月观峰上观落日，
日观峰下逢月升。

天街即事[2]

飞车如霞人似仙，
天街邂逅众声欢。
暗云何能损岱岳？
到此亲眼识泰山。

登岱顶赞泰山

几番沉海底，
万古立不移。
岱宗自挥毫[3]，
顶天写真诗。

岱顶夜骤寒

身似归云眠岱顶，

---

① 原注：时值中秋节前二日，登上南天门时恰见日、月正东、西相望。

② 原注：乘空中缆车登南天门后，步行至碧霞洞，此段名“天街”。各路游人多会经此处再攀岱顶。

③ 原注：岱宗即泰山，古以为诸山所宗。

不测夜寒骤起风。
难阻日观峰上去，
纵目万里海浪中。

日观峰上

望岳偏遇望人松[1]，
观日却上日观峰。
青松红日对我望，
齐报骨坚心透明。

朗公石[2]

情切树可感，
理真石亦听。
山山皆灵岩，
我今思朗公[3]。

寻辛弃疾旧踪

南奔有志岱峰壮，
北归无期灵岩哀[4]。

---

① 原注：“望人松”在五松亭西侧山坡上。

② 原注：传说灵岩得名于前秦时高僧朗公。朗公说法，听众多达千人，感人处山石点头，树木似悟。现灵岩寺后有郎公山，山上有巨石似僧说法状，称朗公石。其旁有小石并树木排列，似听法感悟。

③ 原注：应长清县委宣传部同志索题时，互勉以此种精神做我宣传工作。

④ 原注：辛弃疾参加耿京的抗金起义军，根据地即在灵岩至泰山一带。耿京被叛徒张安国所害。辛弃疾勇擒叛徒，南奔于宋。不意竟被宋廷嫉斥，空怀恢复之志而终老江南。

今寻幼安擒叛地，
午梦点兵呼我来①。

长清新城留别

长清人间真似幻②，
灵岩仙家幻似真。
文物整旧应如旧，
河山当改万里新。

一九八七年十月三日至七日

---

① 原注：辛弃疾字幼安。其《破阵子》一词，写醉中忆昔在抗金军中之战斗豪情，有“沙场秋点兵”句。

② 原注：灵岩寺属长清县辖。长清于党的十一届三中全会后发展迅速，经济及各项工作在济南全市区、县中跃居前列。新县城为近年来另建，蔚为大观。

访石花洞[①]

一

北国岩洞无盛名，
塞下芦笛万目惊[②]。
最喜有别桂林处，
黄河石涛自家风[③]。

二

欲探真美入下层[④]，
地心深与人心同。
谁道乱中尽失落？
寻到此处便相逢。

一九八七年十月二十三日

---

① 原注：在北京市远郊房山区山中，旧名“潜真洞”。一九八七年国庆节，经整修后开放。

② 原注：指桂林最佳岩洞芦笛岩。

③ 原注：石花洞内有巨大石幔如黄河怒涛，景观取各“黄河之水天上来”。

④ 原注：石花洞甚深，景观有多层，愈下愈佳。

戏赠某同志罢某官

解枷非解甲，
归田岂归天？
南山歌《南泥》，
马鸣自跨鞍。

一九八八年

再访桂林（六首选五首）

独秀峰登览

桂林千编史，
漓江万卷诗。
登高望新境，
日出升我思。

登叠綵山忆旧游

闻鹤未攀仙鹤洞[1]，
忆月不记明月峰。
昔游何解此山意？
叠綵原随险处增。

再游芦笛岩

看尽乱云数尽山，
洞天终信在人间。
芦笛声唤寻者入，

---

① 原注：叠綵山上有仙鹤洞、明月峰。

逐水桃花自无缘①。

阳朔风景②

东郎西郎江边望，
大姑小姑秋波长。
望穿青峰成明月，
诗仙卓笔写月光。

登伏波山

漓江醉我，
对景当歌。
水思分湘③，
山忆伏波④。
江山再画，
巨笔重握。
往矣昔人，
壮哉来者！

一九八八年四月

---

① 原注：芦笛岩洞外有桃花江流过，夹岸有桃树。

② 原注：东郎山、西郎山、大姑山、小（玉）姑山、明月山、卓笔峰，均为阳朔境内漓水两岸之风景点。卓笔峰相传为李白之笔所化，实则李白未来过此地。

③ 原注：见前《重访桂林·访灵渠》注。

④ 原注：指汉伏波将军马援。

灵渠“三将军墓”前有感

相传秦始皇时，有二匠师被征先后“主墨”（负责工程技术）修建灵渠。张、刘二匠师均因采石运料等困难延误工期被斩。李匠师继之，接受教训，在前人基础上按期完成而被封赏。但他不愿掠功受赏，当众自刎以明心迹。后人感之，在灵渠畔为之建墓、立像、修祠以祀。明代重修，朝廷悉封三人为“将军”，遂有“三将军墓”遗存至今。

演义近闻观念新，
唯私旗下重封神。
奉公愧奖如君者，
贬为左家庄里人①。

一九八八年四月

① 原注：北京东郊有左家庄。在文化圈一部分人中，流传着借用此地名代指被他们认为的“左”的观点或人物。

题赠台儿庄酒厂

名地名酒台儿庄，
酒家争赶兵家强①。
一杯载我三乡去，
诗乡梦乡到故乡。

一九八八年十月于台儿庄

---

① 原注：一九三八年台儿庄大战，中国军队消灭日本侵略军两个师团于此。

再访胶东（四题选三题）

访平度

一

事烦久难成此行，
但期无官一身轻①。
今来身轻心反重②，
又添千山万种情③。

二

名谦平度实高度④，

---

① 新注：作者1980年8月被任命为中宣部副部长，1987年12月被免职，但仍为中共中央委员、七届全国人大常委会委员。1989年9月复出，被任命为文化部党组书记、代部长、兼中宣部副部长，至1992年10月辞职。

② 新注：心反重，作者既为改革开放的伟大成就高唱赞歌，更为错误思潮泛滥、贪腐现象严重、社会风气败坏、经济形势严峻、文化战线几度反复而“心积块垒、胸漫愁云”（参见贾漫《诗人贺敬之》353页）。

③ 新注：千山，代指国家。

④ 原注：改革开放几年来，平度县经济工作及其他各项工作均在全省名列前茅，为全国“基础教育先进县”之一。

天柱标高岂魏书①？
灿灿星光英烈史②，
灼灼春华锦绣图。

三

名同陈胜大泽乡③，
曾布地雷摆战场④。
今日农友新披挂，
宝石将军葡萄王⑤。

四

山因书闻知天柱，
唯名天柱当此书。
纵疑道昭非作手，
千秋伟书不虚无⑥。

---

① 原注：天柱山在县城北，上有海内外闻名之北魏郑文公碑（上碑；下碑在掖县）。

② 原注：平度县自一九三七年起有地下党活动。抗日战争和解放战争时期，平度县以大泽山区为中心，一直是重要的革命根据地。

③ 原注：平度县大泽乡，与秦末陈胜、吴广等农民领袖起义于安徽蕲县（今宿县）之大泽乡同名。

④ 原注：抗日战争中大泽乡山区民兵地雷战名垂史册，许多人被胶东军区授以“爆破大王”“民兵英雄”称号。

⑤ 原注：大泽乡盛产葡萄，近年有大发展。此外，大理石开采与加工亦创新路。

⑥ 原注：近年书法界有人认为此碑非郑道昭所书，但不论作者为谁，此书本身价值不容置疑。

访莱西（二首选其一）

莱西妙笔崔子范[①]，
妙在有范无范间。
经纶高手似崔子，
画出莱西步步天。

访招远金矿[②]

一

山山金无尽，
人人心胜金。
心赤真招远，
万里招我心。

二

红颜金城主[③]，
白发天府客[④]。
同志情无价，
共唱招远歌。

---

① 原注：著名国画家崔子范为莱西人。

② 原注：招远县为全国著名黄金产地。

③④ 原注：招远有“天府金城”之称。县领导和金矿职工多为青年人。此次偕同来访者多为老年。

枣庄行（四题）

四园诗[①]

一

燎原星火似重现，
忽作银河倾碧天。
诗人奇境知何处？
我乡枣庄石榴园[②]。

二

花焰光透匡衡壁[③]，
籽液甘涌贾氏泉[④]。
繁叶万顷根千载，
遍阅九州唯此园。

---

① 原注：此诗四段，每段结尾均为“园”字。

② 原注：枣庄市万亩石榴园在峄城区，史载始自汉代。作者为峄县（现峄城区）人，前诗《故乡行》指省籍。

③ 原注：榴园南匡谈村有汉代经学家、政治家匡衡墓。史载其家贫好学，曾凿壁偷光夜读。

④ 原注：榴园内有贾泉，明代著名文士贾三近在泉边石上题字。（一派学者考证认为贾三近为《金瓶梅》作者。）

三

秋风未闻寂寞叹，
春光自持无媚颜。
君怀殷红粒粒籽，
剖心待我园中园[①]。

四

共叙河山腾飞愿，
谁听改色变蔚蓝[②]？
榴花尽染先烈血，
熠熠红旗识故园。

参观吴林乡大理石厂、玉雕厂

玉成神州梦，
石鸣华夏声[③]。
故乡多志士，
吴林尽天工。

参观枣庄毛笔厂

得才无变有[④]，

---

① 原注："园中园"在大石榴园中心。

② 原注：时电视片《河殇》反复播放，鼓吹"全盘西化"，以西方所谓"蔚蓝色文明"取代民族文化和社会主义制度。

③ 原注：吴林新制大理石编磬，中日音乐家评价颇高。

④ 原注：此厂较早改革人事制度，聘用南方自流而来技术人员办厂。

南客北为家①。
不须诗仙梦②，
此笔自生花。

题赠枣庄联合大学③

枣庄枣花放，
“抱犊”创妙方④。
榴园结新果，
累累闻异香。

一九八八年十月

---

① 原注：此厂较早改革人事制度，聘用南方自流而来技术人员办厂。

② 原注：俗传李白“梦笔生花”。

③ 原注：枣庄联大为该市自办，大胆试行改革，本地招生，本地分配，教师聘自外地著名大学，为定期合同制。学科设置和教学内容和方法亦有改革。

④ 原注：该市山区有抱犊崮，山顶有地平广可耕，但路险难攀，牛不能上。传说有农人抱犊而登，迁居山顶，待犊养大用之以耕。

本溪二首

题赠《辽东文学》

文比本溪人参铁①，
诗如天女木兰花②。
谁道辽东春色浅？
目囿关内非方家。

游本溪水洞③

洞中银河梦中天，
神舟飘飘人欲仙。
闻道漓江远嫁女，
辽东此门识丽颜。

一九八八年十月

---

① 原注：为本溪优质铁矿石。
② 原注：为本地特产杜鹃花优良品种。
③ 原注：本溪市名胜，有桂林漓江岩洞之美。

冬郊观梅寄梅行同志

桥外老梅有傲枝，
不移花影额间趋[①]。
悬冰百丈正如料[②]，
恰是凌寒怒放时。

一九八八年冬

---

① 原注：史载刘宋武帝女寿阳公主，因卧殿檐下，梅花落于额上，成五色花，传为“梅花妆”。

② 原注：毛泽东《卜算子·咏梅》：“已是悬崖百丈冰，犹有花枝俏。”

一九八九年

云南行（四首选三首）

楚雄夜话①

应燃火把照征程②，
勿损马樱花泪红③。
齐问文苑今何往？
楚雄夜听万民声。

访大理

苍山惊我如山在④，
洱海赠我耳似海⑤。
此生念念寻大理⑥，

---

① 原注：与楚雄彝族自治州各方面同志座谈，听到对文艺工作意见，呼声强烈。

②③ 原注：座谈中观看彝族火把节实况及舞剧《咪咪噜》录像，“马樱花”为该剧中主角。

④ 原注：苍山，在大理境，属横断山脉。

⑤ 原注：洱海，在苍山下，海区状如耳，故名。

⑥ 原注：大理历史沿革已广为人知，唯大理地名来源未见确考。作者少时初知大理之名时，曾依己之愿，自解为“伟大真理”之意，故特喜大理之名。

心泉终信万蝶来①。

游石林

览史忆战阵，
访滇游石林。
挥杖指万象，
走马阅千军。
向天皆自立，
拔地深连根。
入林识战友，
叩石听友心。
问石立何位？
问林何成因？
结群基一我，
众我成大群。
主、客二体合，
个、群互为存。
天运此正轨，
人运亦同轮。
峥嵘井冈路，
风雨天安门。
正、反思得失，
“人”字论纷纭。
忽见“救世”者，
大言指迷津。
西寺讨旧签，

① 原注：苍山脚下有著名之蝴蝶泉，惜此来遇大风，未见泉上飞来蝴蝶。

何诩“启蒙”新[①]？
废己固遭祸，
唯私必沉沦。
中华再崛起，
大我振国魂。
拨乱非易帜，
石林响正音。
感此热血沸，
挽石入人林！

一九八九年三月

① 原注：“全盘西化”声中，有照搬西方而自称所谓“新启蒙”理论者，甚嚣尘上。

洞房留影

参观大理民俗博物馆，主人坚请柯岩和我留影于白族民婚洞房展室。因之忆及三十六年前柯岩参加赴朝慰问志愿军，行前婚事草草，征路匆匆，远非今日景象。不禁相对慨然有风雨计程之思。

老来并坐洞房中，
笑声遥连风雨声。
三十六载紧挽手，
再向大理前路行。

一九八九年三月十二日，大理

咏山海关老龙头[1]

千劫河未殇[2]，
万代城不朽。
猛志越山海，
伟哉老龙头！

一九八九年七月十九日

① 原注：老龙头为山海关长城尽头，城堞碉楼入渤海波涛中。
② 自注：指影片《河殇》。

一九九〇年至一九九二年

观文艺会演有感

又见满园花似锦，
十年甘苦园丁心。
记取几遭病虫害[1]，
瘟神总扮护花神。

一九九〇年五月

---

① 新注：作者在创作此诗一个月后，即1990年6月26日《关于文艺思想理论的几个问题》中说："如果把自由化比作瘟疫的话，我们不能因为病菌的存在还没有酿成瘟疫就断定前者是好东西。"（《贺敬之文集》4卷322页）错误思潮亦如瘟神，"总扮护花神"。

会见印度西孟加拉邦共产党总书记乔蒂·巴苏

一

印中友谊花，
西孟花中蕊。
历劫红更艳，
遥知笑属谁。

二

友谊花不谢，
真理树长青。
知心缘同心，
落红非真红。

一九九一年三月十八日于加尔各答

访仙游寺[①]

终南征路无捷径，
何处仙游人共游？
君借缥缈写长恨[②]，
千载未绝动地忧[③]。

一九九一年五月

---

① 原注：仙游寺，在陕西周至县境秦岭山中。史载白居易在此写成《长恨歌》。

②③ 原注：《长恨歌》中有句“山在虚无缥缈间”，又有“渔阳鼙鼓动地来”“此恨绵绵无绝期”。

赞李东辉同志

李东辉同志，模范共产党员，谷子专家。一九九〇年逝世。

名辉红旗，
谷秀大地。
耿耿公心，
浩浩正气。
死而不已，
斯人未去。
红色良种，
江山有继。

一九九一年十月

大观西湖

杭州西湖畔有民族英雄岳飞、于谦、张煌言之祠堂、故居、坟墓等遗址。

大观西湖识壮美，
九天峰飞仰岳飞①。
于谦清白悬白日②，
千秋碧水接苍水③。

一九九二年五月

---

① 原注：岳坟不远有飞来峰。
② 原注：于谦诗："要留青白在人间"，"青"作"清"。
③ 原注：张煌言字苍水。

莫干山二章

莫干风

信哉莫干风，
沐我心清平。
数竹皆有节，
访剑未折锋①。

莫干峰

雄哉莫干峰，
恍若见陈公②。
拍案唤旧部③，
萧萧万马鸣。

一九九二年五月

---

① 原注：莫干山有古越国干将、莫邪铸剑池。

② 原注：抗日战争时期，莫干山为陈毅元帅领导之新四军战斗地区之一。现山顶建有陈毅咏莫干山之诗碑。

③ 原注：陈毅另有诗句："此去泉台招旧部，旌旗十万斩阎罗。"

题刘政回忆录

原六十六军军长刘政同志，解放战争中青沧战役时任营长。此役中作者随他强渡运河军桥，继而在他指挥下随突击队登城。

沧州军桥上，
浴血刘营长。
至今忆相呼①，
犹见战旗扬！

一九九二年五月十二日

① 新注：贾漫《诗人贺敬之》载："1947 年，在解放河北省沧州战役时，贺敬之本来是深入连队受到战士保护的作家。在队伍发起冲锋时，他奋不顾身地和战士们一起冲在前头。年轻的营长刘政发现后顿时急眼了，高声骂起来：'老贺，回来，回来！你他妈的给我回来！'贺敬之根本不听……战役胜利以后荣立了战功。"

笑说铁观音

一九九二年为毛泽东同志《在延安文艺座谈会上的讲话》发表五十周年，全国各地举行纪念活动。“五·二三”当日我在浙江湖州，参观当地群众举办之纪念展览。展地在湖州铁佛寺内，大殿中有铸于宋代之著名铁观音像。

老兵延河子，
铁佛观世音：
今日五二三，
江南见此君。
觉君净瓶浅，
难贮我情深。
君像空五内，
何怪我铁心！

一九九二年五月二十三日

富春江散歌（二十六首）

我于去冬体检发现重疾入医院治疗，今春出院赴杭州疗养。四月底病情稍苏，应邀试作富春江游。

近年浙江省开辟富春江、新安江至千岛湖旅游一条线，称“两江一湖黄金旅游线”。海内外游人如织，多有再加西湖、钱塘江而称“三江两湖”者。

作者此行往返千里，畅览水光山色，饱见昔奇新胜。目接心会，感奋不已，不禁乘兴有作。行笔仍如以往，不拘旧律，因以“散歌”名之。待向方家求教前，姑自书、自诵之，抑或疗病之一法耶？

一九九二年五月二十七日记于杭州

一

富春江上严陵濑，
东钓台旁西弔台①。
我来观鱼鱼观我②：

---

① 原注：严陵濑，或称子陵濑，东汉隐士严光（字子陵）垂钓处，在富春江中游桐庐县境内。临江峭岸上有台状二巨石耸出，是为东台、西台。东台即严子陵钓台，西台为谢翱遥祭文天祥恸哭处。谢翱，字皋羽，宋末爱国志士，曾参加文天祥抵抗军。

② 原注：毛泽东《七律·和柳亚子先生》（一九四九年）：“莫道昆明池水浅，观鱼胜过富春江。”

子非柳子缘何来？

二

名之行之思之江①，
绝信折水富春光。
昆明池畔喜解缆，
桐君助我溯钱塘②。

三

平生总为山河醉，
非酒醉我万千回。
三江澄碧今痛饮，
不借韩囊岳家杯③。

四

长啸畅笑消病颜，
云月八千有此缘：

---

① 原注：之江，即钱塘江，因江流曲折状如“之”字故名。又，毛泽东《新民主主义论》：“二十年中有三次曲折，走了一个‘之’字。”新注：作者也名占“之”字，当时前后两次任职，又两次退职，其政路恰巧同是一个“之”字。

② 原注：桐君，古代民间药物学家，相传为黄帝时人，居桐庐县富春江畔。

③ 原注：西湖畔有岳飞墓。岳飞任职期间曾与部下约：“直捣黄龙与诸君痛饮耳。”被诬下狱后，韩世忠自请罢官，时跨驴载酒囊，纵游西湖上。岳飞冤死后，世忠在灵隐寺飞来峰缘岳飞“特特寻芳上翠微”诗意建“翠微亭”纪念之。

三江两湖梦之国，
千岛万峰情之巅。

五

西湖波摇连梦寐，
千里秀美复壮美。
山迴水洄少壮回，
鹭飞瀑飞壮思飞！

六

三江口下数客船①，
千年云帆几往还？
忧乐范公潇洒去②，
谪仙濯月沧波间③。

七

应解子陵“客星”忧④，

---

① 原注：钱塘江与富春江相接处，有浦江汇入，此处称“三江口”。

② 原注：范仲淹《岳阳楼记》有名句“先天下之忧而忧，后天下之乐而乐”。北宋仁宗时范知睦州（州治在今新安江畔之梅城镇），写有《潇洒桐庐郡十咏》。

③ 原注：“谪仙人”李白诗《古风（之十二）》有句：“昭昭严子陵，垂钓沧波间。”“使我长叹息，冥栖岩石间。”

④ 原注：严子陵少时曾与刘秀同游学。刘秀即光武帝位后请子陵入宫拟授以官职，夜邀子陵叙谈并与之同榻寝卧，子陵眠后足加帝腹上。诘旦，太史入奏“客星犯帝座，状甚危迫”，光武不以为意，面授子陵为谏议大夫，子陵坚拒不受，归富春江耕钓。

当消灵运“客儿”愁①。
无恙江山系众我，
昂首春江第一楼②。

八

车窗船头望如痴，
可在大痴画卷里③？
朱墨春山新诗意④，
富阳新纸写淋漓⑤。

九

景人相看两妩媚⑥，
江映鹳山双郁碑⑦。

---

① 原注：南朝山水诗人谢灵运幼儿时，其父信宿命“不宜子息”，为之取名“客儿”，寄养于杭州灵隐寺。

② 原注：“春江第一楼”，古建筑，在富阳县城东，下临富春江。

③ 原注：大痴，黄公望，字子久，号“大痴道人”，元代大画家，传世名作有长卷《富春山居图》。

④ 原注：一九三三年鲁迅诗《赠画师》：“愿乞画家新意匠，只研朱墨作春山。”

⑤ 原注：富阳土纸历史悠久，改革开放后，新式造纸业发展甚速，其中民间造纸专家蒋放年结合电脑技术创新法造印刷用宣纸，质地甚优。

⑥ 原注，李白诗：“相看两不厌，只有敬亭山。”辛弃疾词：“我见青山多妩媚，料青山见我应如是。”

⑦ 原注：富阳为二十世纪二十年代“创造社”时期革命作家郁达夫故里。鹳山，在富阳县城西富春江侧，山麓有郁达夫及其兄郁曼陀两烈士纪念碑亭。两人在抗战期间分别在印尼和上海被日本侵略者杀害。

谁诵鲁诗唤合影①？
春山恒美贵横眉②。

十

云天今古共此情，
山结桐庐江沉钟③。
桐君隐名留药在④，
悠悠我心荡钟声。

十一

五洲客游神仙洞⑤，
赏我新景问仙踪⑥。
家山自重立天柱⑦，

---

①② 原注，一九二四年十月鲁迅诗《自嘲》中有名句“横眉冷对千夫指，俯首甘为孺子牛”。诗末附言：“达夫赏饭闲人打油偷得半联凑成一律以请亚子先生教正。”

③④ 原注：相传桐君采药求道，止于富春江畔桐庐县城东山，结庐桐树下居之。有问其姓名者，指桐以示之，因名其人为桐君，山亦名之为桐君山。《隋书》《旧唐书》列《桐君采药录》为典籍。现桐君山上桐君祠内有同仁堂等全国几大中药店联合售药处。

又，桐君山踞富春江与分水江汇合处，山脚下江水深处名桐君潭，相传潭下有沉钟一口。据《潇洒洞庐》书载：明嘉靖时常乐寺钟移置于桐君山上，倭寇入侵曾盗此钟，甫装船，钟忽自发轰洪之声，寇大惊弃钟逃去，钟遂沉入潭底。

⑤ 原注：此一旅游线上多有岩洞可观，最佳者为桐庐县之“瑶琳仙境”、建德县之“云栖洞”等。此处所指不限于此。

⑥ 新注：仙踪，暗喻中国特色的社会主义道路。

⑦ 新注：家山，代指国家。作者家在山东。山东省平度县城北有“天柱山”。

另，杭州西湖边有“飞来峰”塔。

笑延四海飞来峰。

十二

桐庐夜宿辨远音①，
谁言境似小杜吟②？
我岂“笛吹孤戍月”，
但笑“犬吠隔溪村”！

十三

幽水来汇诧胥江③，
潮神讵料似赧郎。
不遭无道何曾怒④，
应知将军本柔肠。

十四

春江三峡姐妹行⑤，
巾帼英雄今俊装。
波颦恋笑峰头唱，

---

① 新注：远音，暗指苏联解体、东欧巨变等信息以及境外反华势力的歪曲报道、谣言诽谤和恶意攻讦。

② 原注，杜牧诗《夜泊桐庐先寄苏台卢郎中》：“笛吹孤戍月，犬吠隔溪村。”

③ 原注：富春江上游有一支流，自新安发源，名胥江。相传战国名将伍子胥曾在江畔躬耕，因以名之。

④ 原注：伍子胥助吴王阖闾夺取王位，国势强盛。吴王夫差时被疏远，赐剑命其自杀，相传其魂化为钱江潮神。

⑤ 原注：富春江上游七十里，名七里泷，有“小三峡”之称。

云外谁歌“延水长……”①？

十五

烟雨楼头南湖心②，
长河水源白云根③。
窗开万厦须两手④，
挽此云水净埃尘。

十六

富春江接新安江，
仙乡梦乡似故乡。
宝塔山分两相望⑤，
主人熟诵我诗章。

---

① 原注：为纪念毛泽东《在延安文艺座谈会上的讲话》发表五十周年，沿途各县市从四月起相继举行纪念活动。“延水长”，为抗战初期延安流传之新歌《延水谣》中一句。

② 原注：嘉兴南湖湖心岛上有烟雨楼。我党一大秘密从上海移至南湖，在游船中继续举行。

③ 原注：白云根，严子陵钓台隔江相对有芦茨村，为晚唐诗人方干故里，因范仲淹赋诗称此为“白云村”，后人遂雅称之为“白云源”。

④ 新注：窗开，借喻改革开放。两手，明言两手开窗，暗指物质文明和精神文明两手都要抓。

⑤ 原注：两江相接处在梅城镇（古睦州，宋时改严州），夹岸南北两山名有古塔，状如延安宝塔山一身分二。

十七

我有归魂非迷魂①,
清江一滴是我身。
新安坝下静夜游②。
江灯知我万里心。

十八

古来万卷山水图,
偏多贫瘠伤心处。
肤施誓愿又入梦③,
热泪今涨千岛湖④。

十九

建德新市胜海市⑤,
蜃楼人居傲仙居。

---

① 新注:迷魂,唐代李贺诗句“我有迷魂招不得”(《致酒行》),作者反用其意,暗指自己坚持马克思主义和党的正确方针路线坚定不移。

② 原注:新安江水库大坝及水电站一九六〇年建成。坝下江水清凉幽绝,新增夜间游艇。

③ 原注:肤施,即延安。传说古时天下大饥,陕北尤甚,有饥鹰垂死挣扎来清凉山哀鸣求食,一僧割自身肌肤饲之,后遂以“肤施”为地名。“誓愿”,指作者在延安入党宣誓。

④ 原注:千岛湖即新安江水库。

⑤ 原注:来访当日,恰值建德县改市举行有关活动。市区新建筑栉比鳞次,延至千岛湖边。

“高峡平湖”诗思久①，
湖山历历巨人迹②。

二〇

无限情丝迎客雨，
迎我千岛湖中去。
西湖入袖驰望眼，
西子千身展千姿！

二一

笑谈范蠡泛五湖③，
我泛此湖惹公妒？
陶朱信是千秋业④，
争奈越、楚国俱覆⑤！

---

① 原注：一九五六年六月，毛泽东《水调歌头·游泳》词：“更立西江石壁，截断巫山云雨，高峡出平湖。”

② 原注：新安江水库工程自始建至建成后，周恩来、朱德、叶剑英、李先念等同志先后来此视察。

③ 原注：春秋时政治家范蠡，助越王勾践刻苦图强，雪耻灭吴，后辞官隐去，相传携西施泛舟游五湖。

④ 原注：范蠡至山东定陶后改名陶朱公，以经商致富，后因以称商业为“陶朱事业”。

⑤ 原注：范蠡为楚人，范离勾践后，越亡于楚，楚又亡于秦。

二二

蜜山岛上感相遇[1]，
澜波撒骨郭题句[2]。
请教再问“甲申祭”[3]，
黄河渡后今何夕[4]？

二三

对我遥指云飞处，
乌龙战垒影可睹[5]。
方腊碧血腾碧浪，
梁山易帜后何如[6]？

二四

问何如？观何如？
泪如注，心如烛。
我思河山旧图画，
我念山河新画图。

---

①② 原注：蜜山岛，为千岛湖较大岛屿之一。参加工程指挥的水利部已故副部长刘澜波同志遗言将骨灰撒入千岛湖内，现此岛上有刘澜波纪念亭。郭沫若同志曾来此岛，离千岛湖前赋诗题留。

③ 原注：郭沫若著《甲申三百年祭》为延安整风学习文件之一。

④ 原注：一九四五年日本投降后，延安干部分赴全国各地。作者被分配参加赴华北干部大队离延安东渡黄河，当时刘澜波同志为大队领导人之一。

⑤⑥ 原注：宋末方腊农民军起义于新安江一带，至今留有多处遗迹。此处指新安江北岸乌龙山。山东梁山宋江起义军投降朝廷后奉命征伐方腊，两军在此激战。

二五

思未足，念未足，
再望两台云欲呼①：
严公请作任公钓②，
谢翱泪洗日星出③！

二六

壮哉此行偕入海，
钱江怒涛抒我怀。
一滴敢报江海信④，
百折再看高潮来⑤！

一九九二年五月一日至三日作
六月四日抄于北京

---

① 新注：两台，即其一“东钓台旁西弔台”，见其注①。

② 原注，“任公钓”，据《庄子》，任公子为大钩巨纶，钓于东海，得大鱼，使民足饱。谢灵运《七里濑》诗：“目睹严子濑，想属任公钓。”

③ 原注，“日星出”谢翱《西台恸哭记》有“化为朱鸟兮”句，朱鸟系朱鸟星，寓文天祥《正气歌》意：“天地有正气，杂然赋流形。在地为河岳，在天为日星。”

④ 新注：一滴，作者在《放声歌唱》中写道：“呵，/‘我’，/是谁？/我呵，/在哪里？/……一望无际的海洋，/海洋里的/一个小小的水滴”。1986年11月3日在致女儿贺小风信中又说，自己“乃区区一滴，自奔投延水，流汇黄河，滔滔万里，虽百曲千折，从未悔少时初衷，更不改入海之志。今日观之，不亦可谓壮哉乎”？

⑤ 原注：富春江归后，又赴海宁县盐官镇海堤观钱塘江潮，未逢大潮已足壮观，因应索题：“壮哉钱江潮，小览亦开怀。确知潮有信，相期高潮来！”

一九九三年至一九九五年

川北行（十五题选十一题）

抗日战争初期，我离开家乡山东流亡大后方，于一九三八年底进入四川，沿川北古金牛蜀道，经广元、剑门关、剑阁到达梓潼止留。一九四〇年由此北上，经原路奔赴延安。五十三年后的一九九三年秋，沿此线重访川北故地，并顺游九寨沟，又访江油李白故里。

咏广元

一

北去过此已半世，
广元新颜惊不识。
红军碑林红军渡①，
巴山泪雨诉情思。

---

① 原注：一九三二年至一九三五年，红四方面军在包括广元在内的二十余县境内建立了川陕革命根据地。近年来，广元市收集当年红军镌刻标语、文告的各类碑碣建“红军碑林”于市郊乌奴山麓。又在嘉陵江等几处渡口建“红军渡”等纪念设施。

二

皇泽寺下则天坝①。
嘉陵江畔花竞发。
乘舟踏浪举头望，
新凤飞出明月峡②！

三

千山开放万壑改，
长街远出旧关隘。
五丁开道励新世③，
负力失国警后来④。

四

南江新岸楼外楼⑤，
红颜红心慰白头。
共话文明双飞翼，
喜望利州亦义州⑥！

---

① 原注：皇泽寺在广元市郊嘉陵江边，唐时由川主庙改建，有女皇武则天石雕像。不远有白沙里，后称则天坝。郭沫若等学者考证武则天诞生于此。

② 原注：一九八八年广元市中心凤凰山上新建凤凰楼，高四十二米，风格新颖，振翼欲飞。明月峡在广元市北嘉陵江岸，有古栈道，为自北入川之著名险关。

③ 原注：据史载与民间传说，秦时蜀王遣勇士“五丁”劈山开道，北与秦通。缘此，陕南宁强县境内有五丁峡、五丁关。

④ 原注：川陕间此古道称“金牛道”。传说秦惠王为灭蜀计，以石牛粪金并美女诱蜀王。蜀王负力沉溺财色，国衰被灭。

⑤ 原注：广元市区位于嘉陵江与南江交汇处。近年建设以南江沿岸为重点，广厦重楼，其中有广元大学、市图书馆、影院、体育场等文教设施。

⑥ 原注：广元古称利州。

重登剑门关忆昔

一

拨云又抚倚天剑，
惊风再诵太白篇①。
九折不返悬一念②：
勿失阴平负雄关③！

二

昔曾几经姜维寨④，
难咏万夫关莫开⑤。
邓艾别道裹毡下⑥，
战将背后降表来！

---

① 原注：指李白名篇《蜀道难》长诗。

② 原注：九折坂，在川西邛崃山，山路险阻曲折，汉代王尊至此畏难而返。九折坂亦用作泛指，王维诗："黄花县西九折坂"。黄花县为唐置，在陕西凤县。

③ 原注：阴平古道，自甘肃文县穿越岷山通向四川，经平武、江油可达成都。三国时蜀相诸葛亮曾置军守之，后主阿斗废戍。蜀将姜维坚守剑门，魏将钟会久攻不下，邓艾别出阴平古道偷袭成都取胜，阿斗降，蜀汉亡。

④ 原注：姜维坚守剑门关时的营寨，在大剑山上，后世称姜维城。

⑤ 原注：李白《蜀道难》："一夫当关，万夫莫开。"

⑥ 原注：《三国志·邓艾传》："艾以毡自裹，推转而下。"

翠云廊古柏蜀道

翠云廊下今重过①，
画廊史廊溯长河。
撑天望远“帅大树”②，
结子盼成“剑阁柏”③。
“乐不思蜀”嗟阿斗④，
“出师未捷”叹诸葛⑤。
蜀道遥想神州路，
新喜新忧感非昨。

---

① 原注：以剑阁为中心，南至阆中、西至梓潼三百余里的古驿道上，有相传为蜀汉大将张飞始植的近万株古柏，形成绿色长廊，清人乔缽题诗名之“翠云廊”。

② 原注：“帅大树”，古柏中最大者，沿旧名。一九六三年朱德同志曾来此树下观赏。

③ 原注：又称“松柏长青树”。几年前经植物学家鉴定为国内外罕见之珍奇新树种，学名定为“剑阁柏”。此树籽不易育新苗，现正试育中。

④ 原注：有“阿斗柏”，传说蜀汉后主阿斗投降被押北去洛阳，过此树下躲雨，因以名之。又，阿斗投降作俘后曾言：“乐不思蜀”。

⑤ 原注：杜甫句：“出师未捷身先死，长使英雄泪满巾。”包括剑阁柏道两侧在内的数百里金牛道上，古来有纪念诸葛亮的祠、庙、桥、坡、驿、石等遗迹，多不胜数。

两赠梓潼

一九八五年寄赠[①]

夜笼大庙传火种[②]，
依稀晓雾离梓潼。
北上少年今白发，
万里长思送险亭[③]。

一九九三留赠

华发归来寻旧迹，
心回北上少年时。
锦屋夜梦数草履[④]，
史途多险岂无思？

---

① 原注：一九八五年寄赠此诗，此次来访故地，见已刻石立于七曲山。

② 原注：七曲山因有张亚子文昌庙，又名大庙山。城内亦有文昌庙，作者五十五年前就读之国立第六中学一分校曾寄寓其中。

③ 原注：送险亭在七曲山下，为川北蜀道南端，山路至此向南转为平坦。当年作者入川出川均步行过此。

④ 原注：离此五十三年后之今日，见旧貌换新颜，不禁思绪难平，久不能寐，眠宾馆锦屋之内却梦数草鞋，备行远路。

访昭化古诚

一

古城昭化葭萌关①，
满目风云思万千。
底事千年远若近？
何情万里鼓征帆？

二

两将勇彪“战胜坝”②，
一帅兵困牛头山③。
导游指点关上下，
使我一跃一喟然。

三

降将心非刀影现④，
华堂沉醉仍酣眠⑤。
未知几多同葬者？
费祎碑文刻痕鲜。

---

① 原注：昭化，周代为苴国都邑，三国时为蜀汉重要根据地。现古城残存，历代文物遗迹甚多。城北门外有“葭萌关”地名牌，古时昭化亦名葭萌。

② 原注：昭化城西门外，立有“战胜坝”地名牌。《三国演义》写张飞夜战马超于此处。史载实为霍峻守葭萌与刘璋军激战。

③ 原注：牛头山在昭化西门外，半山有天雄关，姜维转守剑门关之前曾被魏军围困于此。

④⑤ 原注：费祎墓在昭化城西门外。史载，诸葛亮死后，大将军费祎继蒋琬为丞相，相府设昭化。因久安不警，于庆新春欢饮沉醉中被曹魏降将郭循刺杀。

四

谁呼江山继耶断？
谁问生子虎耶犬①？
关索城边多感兴②，
鲍三娘墓久留连③。

五

史家竞论蜀起止④，
老农喜说红区年⑤。
南退见降一庸主⑥，
北上推倒三座山⑦！

六

滔滔嘉陵水流转，
古城身后今城前⑧。
新笔新题桔柏渡⑨，
为赋来潮阅逝川。

---

① 原注：《三国演义》写关羽在荆州时有言："我虎女安肯嫁犬子乎！"

② 原注：关索为关羽第三子，与妻鲍三娘共守昭化。"关索城"为其屯兵演武之处，在昭化县摆宴坝村。

③ 原注：鲍三娘战死葬于昭化城北曲回坝鸭浮村，现存坟茔与墓碑。

④ 原注：近年见有多文论及蜀汉兴亡，昭化为其起止。

⑤ 原注：一九三三年六月，红四方面军进入昭化境，一九三六年四月占领昭化城，建立了赤化县昭化区革命政权。

⑥ 原注：指蜀汉后主刘禅，即阿斗。

⑦ 原注：指帝国主义、封建主义、官僚资本主义"三座大山"。

⑧ 原注：距昭化古城不远，旧时有宝轮院镇，现建为昭化新城，已颇具现代化规模。

⑨ 原注：桔柏渡在昭化县城东，白水江与嘉陵江汇合处，为著名古渡，有杜甫等历代名人题咏。

访平武

陇蜀古道上①，
“雪山草地”旁②。
红旗远征处③，
白马兄弟乡④：
平武一夕过，
千载情思长。
僻域见古寺⑤，
艺工何辉煌！
更惊真“海市”，
西飞列涪江⑥。
龙安府何在⑦？
主人非二王⑧。
如会忘年友，
开口见心房。
愧我新诗少，

---

① 原注：平武县在广元西靠近松潘地区，境内有通向甘南的阴平古道和通向松潘的古驿道。

② 原注：出平武西南及西北不远，即红军长征中经过之雪山（夹金山）、草地（松潘草地）。

③ 原注：一九三五年春，红四方面军离开川陕革命根据地经过平武西去，与中央红军会合长征。

④ 原注：《辞海》：“白马氐，古族名，古代氐人的一支。”现平武县内有白马人聚居。

⑤ 原注：著名佛寺“平武报恩寺”，明正统五年（一四四〇年）建。

⑥ 原注：平武县城、古城镇、南坝镇均建在涪江上游江边，近年发展很快，面貌一新。

⑦ 原注：明洪武时为龙州治所，嘉靖时升龙安府，又改龙州宣抚司置。

⑧ 原注：指龙州宣抚司土官佥事王玺及子袭父职的王鉴，曾先后督建报恩寺。

来学君文章。
君说十年事，
引访叙短长。
豪情展锦绣，
坦诚计贫荒。
万户开笑颜，
百端结愁肠。
“左担”担远忧①，
“牛心”虑心防②。
新写《刺史箴》③，
岂安《吏隐堂》④？
风云三世界，
悲欢两红墙。
君心牵四海，
腾飞警迷航。
我经剑门来，
欲洗“杞人”伤。
大厦梦增固，
深山见栋梁。
倾心胜倾杯，
何须呼杜康⑤。

---

① 原注：阴平古道自青溪镇沿左担山入平武县境南去的一段称“左担道”。邓艾由此破江油关（平武县南坝镇）南下取成都。

② 原注：牛心山，在平武县南坝乡，有李龙迁之坟，唐高祖李渊追认为祖宗陵墓。

③ 原注：隋代龙州刺史何妥，有政绩，多著述，曾作《刺史箴》刻碑以自规。

④ 原注：北宋龙州佥判赵众在官署中建“吏隐堂”，题诗曰：“满耳江声满目山，此身疑不在人间。民含古意村村静，吏束刑书日日闲。”司马光和诗中有句：“谁言吏道堪栖隐，未必人间有此闲。”

⑤ 原注：曹操诗句：“何以解忧？唯有杜康。”

握别阴平道，
情期“过大江”①。
送我入云去，
珠峰登望乡！

游九寨沟

一

白水江源岷山首，
神州此处有“神洲”。
九寨风光谁异议？
瑶池三山俱点头②。

二

银峰雪谷会众神，
重海叠瀑醉客心。
我行步步白发减，
彩池一照少年身③。

三

何境尽消魂中垢？
何域遍呈心内幽？
梦耶幻耶今曾见，
此山此水九寨沟！

---

① 原注：毛泽东诗句：“百万雄师过大江。”

② 原注：西天王母瑶池和东海三神山（蓬莱、瀛洲、方壶）为神话中之“仙境”。

③ 原注：“五彩池”，为九寨沟最绚美之景观。

四

西望未远红军过①，
曾如九寨缚妖魔②。
诺日朗念“千里雪”③，
万瀑竞和长征歌！

访江油太白故里

一

九寨迷人不欲归，
太白乡音唤却回④。
东路初平西路险⑤，
向天有问学君飞⑥。

二

涪江东南不改向⑦，

---

① 原注：九寨沟西不远为松潘草地，一九三五年红一、四方面军会合后继续长征时经过。当年九月中央“俄界会议”及一九三六年一月的中央决定，对长征中分裂中央、实行逃跑路线和后来叛变革命的张国焘进行了有效斗争。

② 原注：九寨沟有一山名魔鬼山，传说为一被降伏之妖魔化成。

③ 原注：诺日朗为九寨沟最著名之大瀑布群。又：毛泽东《七律·长征》：“更喜岷山千里雪，三军过后尽开颜。”

④ 原注：李白故里在江油市南郊青莲乡（原属彰明县），市内有李白纪念馆。

⑤ 原注：西路指古阴平道。

⑥ 原注：李白诗句：“大道如青天，我独不得出。”“青天有月来几时，我今停杯一问之。”

⑦ 原注：涪江经江油县城和青莲乡向东南方向流去。

匡山西北蜀道长①。
青莲、兰陵谁为客②。
千载共飞大同乡！

游江油窦圌山

江油见奇景，
一线系三峰③。
窦圌钟声里④，
李白画屏中⑤。
汇心古今意，
放怀云汉情。
谁踏险绝去⑥？
飞天接断虹⑦。

回京途中忆江油关

谁言马邈事已远⑧，

---

① 原注：匡山在江油县城北，李白少时读书于此。此山西北方向分别为古阴平、金牛两条蜀道。

② 原注，李白《客中行》："兰陵美酒郁金香，玉碗盛来琥珀光。但使主人能醉客，不知何处是他乡。"作者家乡曾属兰陵县。

③⑥ 原注：窦圌山有三峰并立，唐代建竹索桥以相通，后改为铁索。从古至今皆有僧俗勇士悬空踏索跨绝壁来往其上，甚至表演技艺。

④ 原注：唐代彰明县主簿窦子明（一说窦名圌字子明）弃官隐居于此，山因以名之。相传他在此"羽化飞升"，后三峰顶上留有飞仙桥、窦真殿等遗迹。

⑤ 原注：李白《题窦圌山》诗有句："樵夫与耕者，出入画屏中。"

⑦ 原注：窦圌山有云岩寺，始建于唐；寺内有宋代所建"飞天藏"。

⑧ 原注：邓艾沿阴平道偷袭江油关，蜀汉守将马邈不战而降，其妻李氏夫人斥之，愤而自缢殉身。现江油关口仍立有李夫人旧时墓碑。

"不战而胜"今何年？
李氏碑对阴平道①，
路标分明江油关！

归后值生日忆此行两见转轮藏②

三生石上笑挺身③，
又逢生日说转轮。
百世千劫仍是我，
赤心赤旗赤县民！

一九九三年十月三日至十一月五日
于四川广元至北京

---

① 见第128页注释⑧

② 原注：平武报恩寺和江油云岩寺均有古建转轮藏。

③ 原注：杭州灵隐寺飞来峰南麓有古代传说中之"三生石"，一九九二年作者在杭州疗养，友人导寻此石，立石上留影。

百年纪念

纪念毛泽东同志诞生一百周年，应陕西延安精神研究会嘱题。

百年改天地，
三代察废兴。
四海风云变，
更思东方红。

一九九三年十二月

槽渔滩诗草

一九九四年九月，我同柯岩应作家周纲同志邀，赴四川乐山市槽渔滩综合开发区访问，参观新建水利工程，游览风景文化旅游新区，小住十日。

咏槽渔滩景区①

天府新秀槽渔滩，
到此顿觉人似仙。
美景奇迹见三世②，
桫椤峡江览亿年。
千塔移来真净土，
万溪洞开桃花源。
青衣今止青衫泪③，
望糊楼下新管弦。

---

① 原注：景区在青衣江上游峡谷中，多生桫椤等古代植物，并有战国时蜀李冰“青衣江离堆”、古栈道、道教张道陵刻石、明杨升庵遭贬咏诗等古代遗迹和“千塔佛国”等仿古建筑，以及新阐山居、望湖、观瀑等多处自然景观，另有宾馆、度假村等多座新式建筑。

② 原注：“见三世”：过去，现在，将来。

③ 原注：经历坎坷的科技人员在此备受重视。“青衫泪”：语出白居易诗句“江州司马青衫湿”。

题赠徐启斌同志[1]

一进槽渔醉我心，
既为风景更为人。
何因仙境弹指现，
但问徐公不问神。
民忧久思焦裕禄，
星殒倍念党人魂。
青衣江畔今重见，
长征渠首徐启斌[2]。

题赠周纲同志

梦同周公游，
蝶飞青衣襟[3]。
相见惊白发，
依旧战士心。
十日乐净土，
百年忧思深。
雅雨楼上纸[4]，
共挥胸中云。

一九九四年九月二十四日

---

① 徐启斌，槽渔区综合开发区董事长、经理、指挥长，乐山市政协副主席，模范共产党员。

② 原注：水电工程冠名“长征渠”。

③ 原注：与周纲同志笑说“周”字，戏举“孔子不复梦周公”和“庄周梦蝶”。

④ 原注：乐山市雅安县产宣纸，称“雅宣”。景区新建雅雨楼，备有纸及其他文房用具，供来客挥毫。

访德阳、绵阳三题并序（选二题）

抗日战争初期，山东省各中等学校流亡后方合并为一校，辗转入四川后改名“国立第六中学”。一九三九年夏，我未满十五岁，只身冒雨从我就读的梓潼一分校来罗江四分校请求转学。因这里地下党领导的救亡运动活跃，又有著名进步作家李广田、方敬、陈翔鹤在此执教，并出版进步文学刊物《锻冶厂》，使我心向往之。可惜来后得知已不再接受转学生，只好怅然而返。次年春，我北上投奔革命圣地延安。此后许多年每忆及这次来罗江虽转学未果，却赶上听了李广田老师讲的一堂文学课，使我一直引为幸事而深记不忘。

五十五年后，在我临近七十周岁的一九九四年十月，来访重型机械工业基地德阳市，当年的罗江县已划归此市。几日之内，重访罗江国立六中四分校旧址，初见德阳市两个文明建设新貌，天翻地覆，不胜今昔之感。又访国立六中二分校原址上新建的德阳中学，再访国立六中总校所在地的绵阳市，登名胜富乐山北望，难禁蜀道之思。无奈笔拙词陋，不能抒胸怀于万一。权作数言，以纪此行。

德阳二章（用同韵）

一

五十五载求学望，

当年罗江今德阳。
解我天问又地问，
心刻正道智慧墙①。

二

暮年不改少年望，
依然朝阳岂落阳？
忆昔南愁山城雾②，
未枉北心唱铜墙③。

登绵阳富乐山④

七秩回首望征程，
蜀道重来万感升。
少踏巴山生死路，
老耽剑栈兴亡情⑤。
阁起“富乐”乐初见，
亭复“送险”险未终⑥。
西北目坠赤星座，

---

① 原注：《德阳日报》载文《人间正道是沧桑》，阐述市委坚持公有制主体地位、坚持深化国有企业改革之指导思想。又，德阳市近年建成巨型石刻艺术墙，中有智慧之神雕像。

② 原注：“雾重庆”，抗战中消极抗日、积极反共的蒋介石住此。

③ 原注：抗日救亡歌曲《在太行山上》有“铁壁铜墙”句。又，毛泽东同志有文称人民群众为打不破的“铜墙铁壁”。

④ 原注：四川绵阳城北有富乐山，相传刘备入蜀，刘璋延之于此山，望蜀地富庶，饮酒乐甚，故命此名。近年新建“富乐阁”，巍峨雄伟，可与滕王阁、黄鹤楼相比。

⑤ 原注：指川北蜀道剑门关内外栈道。

⑥ 原注：绵阳城北梓潼县七曲山下古有“送险亭”，为川北蜀道南端终点。近年重新修复。

东南心撼翠云松①
曾识金牛五丁悟②，
还念铁马九州同③。
焉许雄关竟坐付④，
斗城夜看南湖灯⑤。

一九九四年生日前作于四川绵阳
一九九七年改于北京

---

① 原注：川北蜀道上有三百里古柏，清人乔钵称为“翠云廊”。

② 原注：秦时蜀国勇士“五丁”开蜀道通秦，功莫大焉。秦王欲灭蜀，以“金牛”粪金并美女惑蜀王，蜀王淫靡失国，为百世之警。

③ 原注：南宋爱国诗人陆游有句：“铁马冰河入梦来”。陆曾从军陕南，多次往来于蜀道，过绵阳时有句：“未甘便作衰翁在，两脚犹堪踏九州。”临终有《示儿》诗：“死去元知万事空，但悲不见九州同。王师北定中原日，家祭无忘告乃翁。”

④ 原注：陆游诗《剑门城北回望剑关诸峰》有句：“阴平穷寇非难御，如此江山坐付人!”

⑤ 原注：古籍记绵阳城“依山作固，东据天池，西临涪水，形如北斗”，唐严武有诗称之为“斗城”。又，绵阳城南有一湖，与浙江嘉兴南湖同名。

九四年昆明四首（选二首）

北来海鸥[1]

龙门再上望无涯，
春城迎客竞新花。
北来海鸥知风暴，
落红何因告万家。

赠文华顺同志

一九九四年十一月二日访昆明植物科研所，得知市园林部门不少领导同志及科技人员为自卫反击战中之战斗英雄和立功战士。

春城访春真见春，
心花深处有深根。
卫国勇士育花手，
国门国色系一身。

一九九四年十一月

① 原注：上世纪八十年代以来，每逢春日有大群海鸥从西伯利亚飞来，集于昆明翠湖，蔚为奇观。

贺雨来中学成立①

广夏唤良才，
新苗手自栽。
“四化”需四有②，
雨来向未来。

一九九五年四月

---

① 原注：北京市私立雨来中学校名取自管桦著名小说《小英雄雨来》。

② 新注：四有，即“有理想，有道德，有文化，有纪律”，称为“四有新人”。

咏徐州[1]

淮海兵家地，
彭徐寿者乡②。
新世开新业，
谁歌大风扬③？
拔剑云龙舞④，
放鹤鹏翼张⑤。
万里乡心系，
遥天祝正航。

一九九五年九月

① 原注：一九九五年应邀赴徐州参加《汇海文汇》创刊十周年论坛，返京后作。

② 原注：徐州古称彭城，为彭祖故里。

③ 原注：刘邦故里沛县，属徐州。其《大风歌》："大风起兮云飞扬"。

④⑤ 原注：拔剑池、云龙山、放鹤亭，均为徐州古迹。

一九九七年至一九九九年

题汤显祖纪念馆

临川四梦动魂魄①，
若士一情决网罗②。
生共莎翁时略近③，
文堪伯仲列星河。

一九九七年六月

---

① 新注：临川四梦，即明代江西临川人汤显祖的《牡丹亭》《紫钗记》《邯郸记》《南柯记》四部写梦戏曲。

② 原注：明代大戏剧家汤显祖（若士）以“情”为其文艺观和世界观主要内容。

③ 原注：汤显祖与英国大戏剧家莎士比亚生于同时代，早后者十四岁。

题古塞同志画兰石[1]

君从延安来，
恐常忆马兰[2]。
此日仍此心，
画石色犹丹。

一九九七年

---

① 原注：古塞，福建画家，延安时期老同志。
② 原注：延安盛产马兰草，为土法造纸主要原料。

怀海涅

——纪念海涅诞生二百周年

滔滔莱茵水，
茫茫昆仑雪。
举目八万里风云①，
回首二百年岁月。
“地上天国”愿②，
人类解放业——
不尽征程
号角声声接。

青史展新卷，
诗史揭新页。
《织工曲》③，《国际歌》：
遥相应，步未歇。
革命情怀战士心④，
为缪斯，树新则。
——卓卓早行人，
浩浩后来者。

---

① 新注：八万里，毛泽东《送瘟神》诗有句“坐地日行八万里”，即绕地球一周，借指全球。

②④ 原注：均见海涅诗文。

③ 原注：指海涅名作《西里西亚纺织工人歌》。

今何夕？
怀先哲。
诗人诞，
恰逢节①。
望红旗落处忆举时②，
往事又重阅。
此情此心
能不问海燕③、
思海涅？！

谁叹人迹绝、
路难测？
观潮起潮落，
数星明星灭，
正道沧桑固曲折。
信有相逢处，
江山不负约。

曾闻狂言“终结”④，
咒语“告别”⑤——
堪笑一丘愚劣。
扶天倾，
补地裂。

---

① 原注：海涅诞生于一七九七年十一月十三日，与一百二十年后十月革命同月差数日。

② 新注：红旗落处，1991年苏联解体，东欧社会主义国家相继垮台。

③ 新注：海燕，苏联社会主义文学的奠基人，“无产阶级艺术的最杰出的代表”（列宁语）高尔基，于1901年写出名篇《海燕》，被称为“战斗的檄文、无产阶级革命的颂歌”（见《外国名作家传》372页，中国社会科学出版社，1979出版社版本），并受到列宁的称赞。

④⑤ 自注：指海内外论者分别所著之《历史的终结》及《告别革命》。

导洪流，
警覆辙——
自有人心、诗心坚胜铁！
唤莱茵春水，
踏昆仑融雪，
且看新队列。

当此时，
云尚遮。
余也何幸，
与诸君同诵先辈华章，
再学赋新阕。

推窗催晓日，
共此不眠夜。

咏南湖船

极目长河①
　　惊骤洄巨折！
逆风狂，
　　浊浪恶，
　　　　百舸几沉没？
念神州，
　　心千结——
此船应无恙：
　　勿迷航，
　　　　莫偏斜；
当闻警排险，
　　岂容自损身，
　　　　暗沉不觉？
驾驶者
　　曾是阶级先锋、
　　　　民族脊梁、
　　　　　　时代英杰。
未负
　　红色盘古
　　　　创世大任，
久葆

① 新注：长河，喻指国际共产主义运动。

东方“安泰”[1]

“地子”本色[2]。

看南湖，

望北国——

忆七月烟雨[3]，

思六月风波[4]。

两番长征，

重重险关重重越。

七十载过——

数不尽

累累先烈骨、

滚滚同志血。

征程历历昭来者——

真伪明，

成败决，

须察

千态万状，

当经

史检民择。

而今寰宇更待——

再拨疑云迷雾，

净淘断戈败叶[5]。

志无移，

步无懈；

信河清有日，

归燕终报捷。

---

①② 原注：安泰，希腊神话中大力神，大地之子。

③ 原注：南湖有烟雨楼，七月一日为党的生日。

④ 原注：“六月风波”，一九八九年天安门事件。

⑤ 新注：戈——、叶——，人名。

哦，

无须问我——
　　鬓侵雪、
　　　　岁几何？
料相知——
　　不计余年
　　　　此心如昨。
今来几度逢队日，
　　此情俱与少年说。
紧挽臂，
　　登船同看：
　　　　　电光闪处当年舵；
烟雨楼上——
　　听万里涛声，
　　　　共唱
　　　　　　心船歌。

一九九七年十月

咏黄果树大瀑布

为天申永志，
为地吐豪情。
我观黄果瀑，
浩荡共心声。
怒水千丈下，
破险万里征。
谁悲失前路，
长流终向东①。

一九九七年十月

---

① 原注：瀑布水下注打帮河，汇入北盘江，曲折南下红水河，再入广东西江，东向入海。

“九八抗洪” 看文苑

诗自十龄童，
文至九秩翁，
文苑万心系洪峰。
诗有疑，
文有争，
且听“时代大学”上课钟——
课设惊涛骇浪里，
师在抗洪群英中。

一九九八年八月

题茅台诗会二章[1]

一

香漫九州溢四海，
依然好酒数茅台。
新篇诗颂真国酒，
酒魂诗魂两无猜。

二

酒节酒都会诗才，
缘酒论诗各抒怀。
深采民间源泉水，
酿出诗中茅台来。

一九九八年九月四日

---

① 原注：与柯岩合作。

致魏巍同志

一

群山巍巍耸群峰，
魏巍矗立势峥嵘。
百年人民文学史，
君在亿万民心中。

二

太行红杨上甘松①，
东方破晓击晨钟。
世纪问答谁可爱？
笔绘地球飘带红②。

三

清流几见浊流涌，
夕阳翻作朝阳升。

---

① 原注：魏巍在太行山时期用笔名“红杨树”。

② 原注：指魏巍名作《东方》《谁是最可爱的人》及《地球的红飘带》。

我访三门遥致敬，
中流砥柱思君容。

一九九八年九月二十日于三门峡

散歌纪行（三首选二首）

过古隆中诸葛庐

偶行荆襄道，
此山感兴多①。
未究两南阳②，
但念一诸葛。
天末战云近，
隆中新对何③？
司马识空城，
勿嗔老军聒④。

登武当山

七十二峰朝天柱⑤，

---

①② 原注：隆中山在襄阳县西，古属南阳郡。另，河南省南阳县古有卧龙冈，相传为诸葛亮躬耕处，《辞海》中有解。

③ 原注：诸葛亮出山前向刘备提出发展战略，史称“隆中对”。

④ 原注：京剧《空城计》诸葛亮对老军唱词中原有：“国家事不需要尔等关心”。

⑤ 原注：武当山有七十二峰，最高者为天柱峰，上有太和宫、金殿。

曾闻一峰独说不[1]。
我登武当看倔峰[2]，
背身昂首云横处。

①② 原注：在天柱峰东南，俗称“犟山”或“倔峰”，又名“外朝山”。

访神农架（外一首）

神农招访神农架，
燕子邀客燕子垭[①]。
天桥飞跨似泸定[②]，
一览万山听步伐。

登神农顶[③]

我观神农原始景，
后观我身隔云层。
小草远志非远古[④]，
神农顶上说大同。

---

① 原注：燕子垭，在神农架原始森林红坪风景区内，海拔二千二百米，旁为燕子洞，常年有大量特异的金丝燕栖息。

② 原注：泸定桥，四川泸定县大渡河上之铁索桥，一九三五年五月红军长征途中强渡此桥 。

③ 原注：神农顶，在神农架原始自然保护区中心最高处，海拔三千一百零五米。

④ 原注："远志"，中草药，又名"小草"。古语有"在山为远志，出山为小草"。

漳浦剪纸艺术节

大千信有新世界，
喜遇阿婆剪下蝶[①]。
漳浦梦同飞天去，
风云万里翅未歇。

---

① 原注：福建漳浦艺术节期间，八九十岁的阿婆黄素、林桃等民间艺术大师当场表演剪纸技艺。

乌石荔枝园[①]

酒未成仙愧饮人，
何物甘我忽如神？
结缘乌石荔枝树，
敢为四海解苦辛。

① 原注：福建漳浦乌石镇所产荔枝品质优良，海内外闻名。

东山岛寡妇村[①]

曾写泣血控诉文，
爱恨颠倒见惊心。
不向西风愧少作，
泪书东山寡妇村。

① 原注：一九五〇年五月十日，国民党军队从福建败逃台湾前夕，在东山岛顷刻间抓走四千七百多青壮年男子，制造了大量家庭破碎、骨肉分离的人间惨剧。其中铜钵村被抓走一百四十七名，占全村男性青壮年的三分之二，使该村成为海内外闻名的“寡妇村”。一九九九年七月，在各方支持下于该村兴建的“寡妇村展览馆”即将落成。作者来访时应邀题写馆名。

漳州红军纪念碑[①]

"刺破青天锷未残"[②]，
碑立芝山红楼前[③]。
漳州神州五洲看，
妖雾岂掩万丈焰！

①③ 原注：一九三二年，中央红军取得第三次反围剿胜利后，红一、五军团组成东路军，于同年四月攻占福建漳州园，现于市内芝山南麓市政府院内建纪念馆。

② 原注：纪念碑身设计寓毛泽东《十六字令》词意。

漳州南山寺

似见影，
如闻声。
思危寻陶铸①，
居安警陈邕②。
漳州南山寺，
钟鸣向几重？

如闻声，
似见影。
痛思陶铸殒，
惊见陈邕升。
遮天雾霾重，
谁击南山钟？

---

① 原注：一九二九年至一九三三年，陶铸先后任福建省委书记、漳州特委书记，组织领导了厦门越狱斗争，建立了闽南游击队和闽东人民武装力量。在此期间，漳州南山寺为其隐蔽活动的据点之一。

② 原注：《漳州府志》载，唐开元年间太傅陈邕在家乡漳州南山建私宅，规模宏大仿皇宫，被人告他僭越之罪，其女谏改为寺院，即南山寺。

参观徐竹初木偶艺术馆[①]

重识众生相，
此日登君门。
艺术真神手，
价高克隆人。

① 原注：馆在漳州市中心。蒙驰名中外的木偶雕塑艺术家徐竹初同志接待。

访郑成功纪念馆[1]

久违鹭岛喜新容[2]，
远望海天波未平。
旗问颜色国问姓[3]，
鼓浪犹呼郑成功！

一九九九年六月、七月

---

①② 原注：厦门鼓浪屿，又名鹭岛。民族英雄郑成功曾在此练兵，一六六一年至一六六二年率军东征，收复了被荷兰侵略者侵占八年之久的我国领土台湾。

③ 原注：一六四五年，南明隆武帝赐郑成功朱姓。此后广大军民皆呼郑为“国姓爷”。纪念馆陈列有当年郑成功军所用的铸有“国姓府”字样的铜炮、铜铳和当年军民称为“国姓瓶”的炸药瓶等物。

苏北三题（选二题）

访碾庄

淮海决战地，
碾庄举世名。
笑指游人看，
豆入油壶中①。

观邳州博物馆

邳州文物盛，
灿然若星空。
汉画刻银杏，
巨象齿堪惊。
碾庄翻天地②，
圯上启新程③。

---

① 原注：淮海战役中，我军击毙国民党军兵团司令黄伯韬于碾庄外围之尤湖村。当地口碑传为：黄伯韬小名叫“豆”，终于落入我方的“油壶”（“尤湖”谐音）中了。

② 原注：碾庄属邳州地区。

③ 原注：指圯桥之上，汉代张良遇黄石公处。

毗邻指家山①，
豪情添乡情。

一九九九年八月

① 原注：解说员就邳州地图模型示作者家乡所在处，即山东枣庄市南界与江苏邳州市北界仅一小山之隔。

二〇〇〇年至二〇〇二年

《中国诗酒报》 嘱题

好诗当似酒，
好酒应如诗。
诗酒常相伴，
妙境两相知。

二〇〇〇年四月

题杨竹画雪竹图[①]

曾历险路思前路，
欣看杨竹画雪竹。
板桥已远管桦逝[②]，
新篁凌寒又挺出。

二〇〇〇年九月

① 原注：杨竹，青年画家，擅长画雪竹。

② 原注：古代画家郑板桥、当代著名作家管桦，为我最爱之画竹名家。

记杭州孟庄创作之家[①]

处处思乡处处乡，
杭州最忆是孟庄。
灵隐入“家”家人在，
“三生”归来茶未凉。

二〇〇〇年九月

---

① 原注：“家”在灵隐寺旁孟庄，我住此疗养时，常到不远处之“三生石”下晨练，于此每每触发不禁之遐思。

观张文俊巨幅山水

天地若怀怀天地，
江山如画画江山。
文俊巨笔指万里，
催人长征再开颜①。

二〇〇〇年十月，南京

① 原注：毛泽东诗《长征》：“三军过后尽开颜”。

观贺成国画展答同观者问[1]

知章贺铸史铸名[2]，
可贺贺成新有成。
诗画古今共醉我，
非因姓同因艺同。

二〇〇〇年十月

① 原注：贺成，当代著名国画家，与作者同乡同姓，属同宗另支子侄辈。

② 原注：贺知章，唐代诗人；贺铸，宋代词人。

访平顶山

二〇〇一年应邀访河南平顶山市辖区各地，书此以谢平顶山市委、市府并文化局诸同志。

心仪平顶山，
非止赞乌金。
千里英雄路，
百代锦绣文。
鹰翔三千载，
今展两翼新①。
感君频相邀，
奋我老病身。
远山指纵目，
高楼扶登临。
脚下闻《梁父》②，
诸葛羡今人。
步超昆阳马③，

---

① 原注：平顶山矿区内有西周姬姓应国古都遗址。“应”谐音为“鹰”，近年出土文物有鹰形玉雕，平顶山市因之称“鹰城”。

② 原注：近年史学界证实，平顶山市区为蜀汉丞相诸葛亮青少年时代生活、学习、成长的地方。《三国志》载诸葛亮未出山前“好为梁父吟”。《梁父吟》为汉乐府相和歌辞楚调曲名。

③ 原注：西汉末年刘秀与王莽大战昆阳（叶县），刘秀以少胜多，率十三骑突围搬取援兵折回昆阳，一举消灭王莽主力。

歌胜紫芝琴①。
河开新洗耳②，
挥帚扫腐尘。
君见我神旺，
情切索题吟。
诗拙性如故，
不效西潮颦③。
还写鲁关险④，
唯愿好龙真⑤。
程门风雪远⑥，
同君登马门⑦。
东向迎海日，
西面蔑狂云。
中州望神州，
忘年共此心。
书此挽君臂，
身感力千钧。
敬礼伏牛山，
赠我又青春！

---

① 原注：紫芝，唐代鲁山令元德秀的字。紫芝退隐后，弹琴自得。因其品高行端，时人评价极高。其读书弹琴处筑有琴台，今存遗址。

② 原注：洗耳，借指晋代皇甫谧《高士传·许由》所载许由不受尧所封九州长，洗耳于颍水之滨故事。洗耳河，在今平顶山市汝州。

③ 原注：借指东施效颦故事。

④ 原注：鲁关，在今平顶山市鲁山县，为古代著名险关，兵家必争之地。

⑤ 原注：平项山市辖叶县，春秋时为楚国叶邑，楚平王任沈诸梁为叶尹，世称叶公，史载其政绩卓然。成语“叶公好龙”出于汉刘向《新序》，系借寓言讽喻言行不符，非真好龙者。

⑥ 原注：指北宋哲学家程颢“如坐春风”及其弟程颐“程门立雪”故事。前者曾任汝州酒监，驻节于现平顶山宝丰县之商酒务镇，此地有程颢祠和“春风亭”遗址。

⑦ 自注：指学习马克思主义。

过宝丰酒厂

宝丰佳酿远扬名，
几度令我作醉翁。
此来未饮心却醉，
“公”字增辉动我情①。
国宴溢香品君味②，
更望宝丰宝更丰。
主人借诗说前路③，
滍水问津不朦胧④。

---

① 原注：“公”字，指公有制企业。

② 原注：宝丰酒曾被周恩来总理作为国宴酒招待外宾。

③ 自注：席间主人谈对诗歌发展意见。

④ 原注：滍水，沙河古名，由石人山发源流经叶县；问津，古渡口，在叶县。旁有村名曰“问村”，传春秋时期孔子周游列国，由陈蔡入楚时至此，使弟子子路问道于隐士的地方。

谒三苏祠[1]

大江东去浪，
长河远来舟[2]。
三苏永眠地，
千载仰风流。

---

① 原注：三苏祠在郏县茨芭乡小峨眉山坳中。其内葬苏轼、苏辙尸骨并苏洵衣冠。

② 新注：大江、长河，象征中华文明。

游风穴寺

我性爱诗兼爱史，
希夷[1]、贞师略有知[2]。
文物灿然恨见晚，
嵩骨越姿景亦奇[3]。
国盛岂赖香火盛？
真价应为广众识。
春光重沐风穴寺，
且待五洲争看时。

---

① 原注：希夷，唐代著名诗人刘希夷，汝州人，其诗《代悲白头翁》有名句："年年岁岁花相似，岁岁年年人不同。"流传颇广。其墓冢距风穴寺不远。

② 原注：贞师，指唐代天台宗第七代祖师贞禅师。他圆寂后，风穴寺为纪念贞禅师重建寺院，其中特建九层方形密檐式砖塔，唐玄宗敕封"七祖塔"，该塔是全国迄今保存最完好的一座造型独特的唐塔。

③ 自注：风穴寺位于嵩山南麓，殿宇巍峨，风景佳胜，融嵩山之雄与吴越之秀于一体。

登风穴寺望州亭

云巢云往思今古①，
风穴风来辨西东。
空同今会我意否②？
望州亭作望宇亭。

---

① 原注：云巢云往，相传唐代重修风穴寺时，天气炎热难当，工匠不能施工，忽有白云飘来，如一把巨伞遮阳，直到工程完工，因而此寺又有白云寺之称。

② 自注：风穴寺内最高处有望州亭，明代御史谭在川来游，一度改其名为“观风亭”，李梦阳作《观风亭记》记其事。其文中有“美哉，空同子之言风也”。李梦阳号空同子，著有《空同子集》。

歌汝瓷新生

二〇〇一年四月十日参观汝州市汝瓷博物馆并朱氏汝瓷作坊，临别题赠民间艺术大师朱文立同志。

宋人眠无醒，
汝瓷今重生。
谁获神异彩？
雨过现天青①。
破秘八百载，
民间出灿星。
闻名清凉寺②，
寻踪汝州行。
望嵩楼下访③，
望人似望嵩：
穿云足未息，
竞攀更高峰。

① 自注：宋官窑汝瓷之特异釉彩，历代宝之。

② 自注：二十世纪八十年代在宝丰县清凉寺村首次发现汝瓷官窑遗址。

③ 自注：望嵩楼，为汝州古城北门楼，登楼可望嵩山。唐代诗人李益、宋代欧阳修、苏轼等曾登此楼。

歌汝州温泉

汝州市温泉镇，在平顶山市辖区内，北距洛阳市五十余公里。此处温泉水质优异，经化验确定含有五十四种微量元素，对人体多种病伤有显著疗效。史籍记载，远自约两千年前的东汉明帝起，即辟为皇家浴池，为狩猎禁地“广成苑”之一部分。此后历代帝王后妃来此者络绎不绝。女皇武则天在此掘大池，建宫殿，曾与近臣雅集三月，至今“武后池”遗址尚存。新中国建立后收归人民所有，建河南省工人温泉疗养院。此后数十年，特别是新时期以来，面貌日新，为广大工人群众和干部所欢迎，其名声正在海内外日益远扬。

汝州温泉天下优，
地心人心贮暖流。
泉水疗我半生疾，
春风减我世风愁。
四方来此多劳者，
早非旧时尽王侯。
老者少者亲，
医者患者友。
水含元素五十四，
人怀“四有”喜同俦①。

① 自注：“四有”，有理想，有道德，有文化，有纪律。

开窗汝海风景新①，
展卷汉唐史迹留。
思悠悠，情悠悠，
泉注史河过行舟。
则天“三绝”已往矣②，
真绝终属民不朽。
神悠悠，梦悠悠，
今日瑶池民共游。
似应杜甫呼广厦③，
恍见乐天万里裘④。
忽闻白衣使者声，
对此连道“远不够”。
“千般喜，万般忧，
登高望远更上楼”。
听君言，握君手，
与君心契放歌喉：
生为万众生，
人寿江山寿，
应不负神泉滔滔万载流！
病消再迎风雨骤，
眼明更穿迷雾稠⑤。
汝州临别作长歌，

① 自注：汝州在古籍中有时称“汝海”，起因未详。一说可能因广成苑中有广成泽而得名。新注：开窗，暗喻改革开放。

② 自注：武则天于久视元年二月在此与近臣雅集时，效王羲之兰亭修禊，曲水流觞，赋诗辑册，命李峤作序，殷仲容书丹，刻碑记事，被称为“三绝”。

③ 自注：杜甫诗句：“安得广厦千万间，大庇天下寒士俱欢颜。”

④ 自注：白居易（乐天）诗句：“安得万里裘，盖裹周四垠。稳暖皆如我，天下无寒人。”

⑤ 自注：原为“透”字，按文艺评论家熊元义同志建议改为“稠”字，一字之师也。

神泉神思向神州！

二〇〇一年四月于汝州温泉

龙庆峡

十余年前，游京郊龙庆峡，同游友人索题立等，虽匆匆草成，但自觉句陋字丑，未敢应命持赠，致歉作罢。近日偶然忆及，重抄于册，仅为自留雪泥一爪耳。

塞上漓江龙庆峡，
可染仙去惜未画①。
我应急索题旧句：
“桂林山水满天下”②。

二〇〇一年五月

---

① 自注：大画家李可染多画漓江山水，是其整个作品的重要部分。

② 自注：拙作《桂林山水歌》中末句。

记某退休老同志

此公钓鱼非钓誉，
但见沽酩不沽名。
频呼何罪何曾醉，
愤笔书控岂书空[①]？

二〇〇一年九月

① 自注：《世说新语》："殷中军被废，终日恒书空作字，窃视，唯作'咄咄怪事'四字而已。"

滇西三题（选二题）

二〇〇二年二月，我与柯岩应昆明杨苏同志及其弟杨琏邀请，相伴赴滇西疗养。因兄弟二人名中有“苏”“琏”二字，音同国名“苏联”，欢谈中不禁同声感叹：“现在流行的叫法已经是‘前苏联’了。”

谢杨苏同志

北鸥南来绕翠湖①，
万里友心思杨苏。
今逢更感前苏事，
怒江声伴话征途。

题赠勐糯永昌铅锌公司

今春何处探芳菲？
马年思马访边陲。
怒江怒涛英雄气，

---

① 自注：杨苏居昆明翠湖畔。

勐锌金马欲腾飞[1]。

二〇〇二年二月，巴腊掌至腾冲

[1] 自注：勐锌，即勐糯永昌铅锌公司。金马，云南有“金马碧鸡”传说故事。

马年贺卡选二

寄李鉴尧同志

几经画山辨真马①，
感同翠湖鉴尧心②。
一曲“马儿慢慢走”③，
今逢马年倍思君。

寄贾漫同志

今逢马年更思马，
人日怀人总是君④。
岁寒诗友如相问⑤，
春在心头仍十分⑥。

二〇〇二年二月

---

① 自注：鉴尧同志知我有咏桂林“九马画山”一诗。

② 自注：鉴尧同志居昆明翠湖畔，我尝言谁为尧舜湖清可鉴。

③ 自注：鉴尧为著名歌曲《马儿啊你慢些走》歌词作者。

④ 新注：思马，“马”字义有多解，可指马年之马、骏马之马、马克思之马、马列主义之马。人日：即旧俗正月初七。

⑤ 自注：仿王昌龄《芙蓉楼送辛渐》诗句。

⑥ 新注：宋代某尼有《悟道诗》：“尽日寻春不见春，芒鞋踏遍陇头云。归来笑拈梅花嗅，春在枝头已十分。”

即事戏作

"正是河豚欲上时"①，
东坡题画非关吃。
款爷只作菜谱看，
哪问丹青哪问诗。

二〇〇二年十月

① 自注：见苏轼诗《惠崇春江晚景二首》之一。

二〇〇五年至二〇一四年

感谢江西

二〇〇五年四月访井冈山，不意发病于茨坪，蒙省委关怀，送南昌江西省医院急救。经十余日悉心治疗病愈出院，书此以表谢忱。

茨坪陵园洒泪祭，
病返南昌入省医。
井冈英风宛然在，
白衣红心拯我急。
绕床殷殷胜儿女，
星辉灿灿皆我师。
病愈身别心难别，
黄洋秋水情依依①。

二〇〇五年五月

① 自注："黄洋"，指黄洋界哨口，当年红军战胜敌军于黄洋界下。"秋水"，指王勃《滕王阁序》中描写赣江"秋水共长天一色"句，医院在赣江畔，开窗可见此景色。

赠诗人王德祥

“文革”期间我被下放“首钢”监督劳动，在该厂工作的青年诗人王德祥同志不避风险来访倾谈。此后多年常有联系，成为忘年诗友。

每忆钢城初识君，
劫中来访诉知音。
历年君作如传炬，
情燃不熄大我心。

二〇〇五年十一月

观画家赵志田同志大型绘画《烽火太行》

丹心绘史卷，
烽火太行山。
栩栩现群英，
历历见当年。
今日应如何？
画笔有千言。

二〇〇六年二月

题《戴明予同志纪念文集》

我与戴明予同志一九四〇年在“延安鲁艺”同学。一九四五年后，他到河北地区工作，先后曾任唐山、邯郸钢铁厂厂长、党委书记，唐山市委副书记。一九八三年后任秦皇岛市委书记。二〇〇四年逝世。

延水滚滚念君名，
渤海滔滔忆君功。
燕赵大地怀明予，
尽瘁终生是永生。

二〇〇六年三月

谢画家王春仁

一九九一年访扬州，初识著名画家王春仁同志，后多次蒙赠大作，感甚，书此以谢。

二十四桥杳难觅①，
但瞻板桥劲竹姿②。
扬州艺苑新风景，
更看春仁画如诗。

二〇〇六年五月

---

① 新注：唐代杜牧《寄扬州韩绰判官》：“二十四桥明月夜，玉人何处教吹箫？”

② 新注：“扬州八怪”之一郑板桥善画《竹兰图》，有《题竹石画》诗：“咬定青山不放松，立根原在破岩中。千磨万击还坚劲，任尔东西南北风。”

赠文艺评论家艾斐

著名文艺评论家艾斐同志在山西工作，多次邀访五台山而我至今未能成行。近读其新作甚喜，感而草此拙句以赠。

几违五台访文殊①，
廿年读君喜殊文。
鸦噪盈耳思鸣凤②，
笔出雁门响正音③。

二〇〇六年

① 自注：五台山寺庙为佛教文殊菩萨道坊。

② 新注：宋代白玉蟾《寒碧》："断鸦噪言宿，鸣凤栖复冲。"

③ 自注：雁门关在山西。新注：唐代李贺《雁门太守行》："黑云压城城欲摧，甲光向日金鳞开。……"

悼诗人白莎

诗人白莎，与我中学时同学，二〇〇六年去世，享年八十八岁。

一

风涛长我少年志①，
晚岁微型见大诗②。
巴山夜雨忽成泪③，
何忍失君痛别离！

---

① 自注：一九三九年前后，我与白莎同学于山东流亡中学期间，常读白莎发表于壁报或报刊之诗作。他本名晁秀贞，其时用笔名“风涛”。后发表诗作于《七月》，始署“白莎”。

② 自注：近十多年来，白莎从事微型诗作创作。其诗境有大境界，属高品位，获广泛好评。

③ 自注：一九九一年，白莎出版长篇纪实小说《巴山夜雨》，以他本人从抗日战争至解放战争在国统区几年间的经历为线索，描写了山东流亡至四川的国立六中进步师生进行抗日救亡活动和反抗国民党反动派压迫的斗争生活。

二

坚似崂岩澄若冰①，
史途再踏蜀道行。
谁言前路乡音断，
犹听白莎相唤声。

二〇〇六年六月十五日于北京

① 自注：白莎与我是山东同省籍同乡，他出生、初读于菏泽。全国解放后用正式名“晁若冰”，笔名仍用“白莎”，长期工作在青岛，居崂山附近。

台儿庄散歌（十二首）

今年中秋节前夕，我回故乡山东台儿庄探望。期间草此短诗十二首。因不拘平仄，不避重字、重词以及重句，故援己之旧例，仍以“散歌”名之。

一

运河南北贯京杭，
江山千载几沧桑？
白发赤子回故里，
重探天下第一庄①。

二

微山湖出东南向，
碧流百里疑苏杭。
导游指点客惊看，
江北水乡台儿庄。

① 自注：台儿庄为大运河上重镇，古称“天下第一庄”。

三

恍若蜃楼现海上，
波荡霓虹似梦乡。
醉人自因忠仁酒①，
更缘此夕此风光。

四

五洲四海共神往，
当年大捷名远扬。
周、李同筹铭永忆②，
游子纷至话衷肠。

五

淮海北沿沂蒙旁，
史载鲁南英雄乡。
“铁道”“运河”两支队③，
威显枣庄、台儿庄。

---

① 自注：“忠仁”牌美酒为台儿庄名产。

② 自注：一九三八年中国军队与日本侵略军大战于台儿庄。战前及战初，李宗仁将军以各种方式听取周恩来、叶剑英同志关于大战决心及作战方针、部署之建议。详见台儿庄大战纪念馆及东方鹤著《张爱萍传》。

③ 自注：指我党领导的铁道游击队和八路军鲁南运河支队。

六

明时街衢清时巷，
西晋南徽聚众商。
几经战火余残迹，
古镇复生待重光。

七

马良神笔万民掌①，
再画河山新篇章。
古镇新城双飞翼，
日月交辉台儿庄。

八

遥想杜甫登岳望②，
今偕李白来此庄。
千年一觉择居此，
便作故乡非他乡③。

---

① 自注：听幼儿园老师给孩子们讲“神笔马良”的故事。

② 自注：泰山在台儿庄北约240公里，杜甫有《望岳》诗。

③ 自注：台儿庄东北20公里为兰陵镇，台儿庄曾归兰陵古镇辖。李白有诗：“兰陵美酒郁金香，玉碗盛来琥珀光。但使主人能醉客，不知何处是他乡。”

九

筑亭悬钟立河上①，
警人锐目看远航。
尚有几多忧患在，
“河殇”改色声势狂②。

十

烈士碑前心潮涨，
爹娘坟下闪泪光。
嘱儿高楼勿高枕，
莫让“忘川”进咱庄③。

十一

巨梁桥下翻碧浪④，
偪阳出土说兴亡⑤。
唯循正道是大道，
百念台庄走康庄！

---

① 自注：台儿庄运河大桥下，一高亭中悬巨钟以警示水患险情。

② 自注：一九八九年风行的电视片《河殇》否定我国走社会主义道路，宣扬全盘西化。

③ 自注：希腊神话遗忘之河，中译“忘川”。

④ 自注：巨梁桥在台儿庄区内运河上。一九四〇年运河支队与日寇激战于此，我牺牲之二十八烈士被敌抛尸桥下。

⑤ 自注：“偪阳”为春秋时小国，后被灭亡。其都偪阳城遗址在台儿庄西南隅。

十二

幸哉神州多有庄，
地球村上新排行。
且看红旗飘扬处，
俱是“天下第一庄”！

二〇〇七年十月于北京

附：此诗曾见报，后个别词句略作改动，并增补一则注释。

二〇一〇年三月校改

“老马识途” 漫思

河北迁安市，二〇〇五年排名“全国百强县（市）”之一，又获本省“三十强县（市）”第一名。市境内有龙山，为春秋时齐桓公兵陷“迷谷”“老马识途”脱险遗址。二〇〇八年八月来访作此。

一

迁安腾飞留史踪，
龙山动我古今情。
齐桓“迷谷”思远近，
“老马识途”问西东①。

二

漫思齐桓遭迷谷，
有马异心奔异途。
“老马识途”先识马，

---

① 自注：《韩非子·说林·上》：管仲“从于桓公而伐孤竹”，“春往而冬返，迷惑失道。管仲曰：‘老马之智可用也’。乃放老马而随之，遂返”。

谁传管仲鉴马书[1]？

二〇〇八年八月三日

[1] 自注：《管子》（西汉刘向编著）书中有《乘马》篇，与此意无涉。

题迁安贯头山酒厂

河北省迁安市贯头山镇特产优质白酒，源自魏晋时。二十世纪以来连续获国内外名酒大奖，二〇〇八年酒厂被评为全国工业旅游示范点。

燕山古泉酒气扬，
气贯斗牛天地香。
我解“贯头”作“贯斗”，
群神欢饮聚此庄。

二〇〇八年八月

登白云山述怀

白云山在河南嵩县境内，其主峰海拔二二一六米，较泰山岱顶高出六七一米。天池山与其连体并立，山顶天池旁有巨石，酷似伟人毛泽东卧像。像旁林海隆起处有裸露岩体天然构成“公心”二字，形若毛公手书笔迹。

足踏超岱顶，
目骋越苍穹。
今登白云山，
千载一览中。
兴亡云漫漫，
安危雾重重。
谁赋“俱往矣”①？
大道启新程。
中华顶天立，
世代念毛公。
千山想身影，
万水思面容。
天池张天镜，
栩栩见永生。

---

① 新注：毛泽东《沁园春·雪》：“江山如此多娇，引无数英雄竞折腰。惜秦皇汉武，略输文采；唐宗宋祖，稍逊风骚。一代天骄，成吉思汗，只识弯弓射大雕。俱往矣，数风流人物，还看今朝。”

枕石醒若寐，
心事耸眉峰。
手书付林海，
展卷碧涛中。
“公心”二字出，
天光照分明。
远客惊奇迹，
万民心相应。
临此非幻境，
我来路有踪。
观字思如瀑，
检点忆平生。
扶我初学步，
导我晚霞行。
西天风暴起，
五洲望日升。
壮我老兵怀，
听唤继长征。
路遥信必达，
心驰向大同。

二〇〇九年六月二〇日
于白云山归途中

贺小柯八十华诞

柯生岩石上，
情燃风雨中。
赤诚德才女，
何幸偕同行！
赴难共肝胆，
文筑独秀峰。
巍巍八十寿，
夕返朝霞红。
终生植我心，
不老美人松！

二〇〇九年七月七日柯岩生日前一周

访黛眉山龙潭大峡谷

此景区在河南洛阳市新安县境内，原为贫困山区。二○○五年，本县副县长陈建林辞去公职，带领群众来此进行开发，景区蔚为奇观，先后被评为国家级地质公园、4A级旅游景区，又被联合国教科文组织评为世界级地质公园。景区内的开发活动带动周围贫苦村民生产和生活明显提高。

二○○九年六月，我和几位同志应邀往访，即兴仿民谣、歌诀草就数则发表于《洛阳日报》。归后修改补充成此篇。

黄河边，黛眉山，
黛眉一展现奇观。
洛阳境，此山中，
谁启天设神仙宫？
神瀑布，神峡谷，
天公在此藏天书①。
龙潭中，眠五龙，
十二亿年何得醒②？
洗冤潭，洗沉冤③，
何时水流到人间？

---

①② 自注：大峡谷岩石若书卷层叠，经测定形成于十二亿年前。

③ 自注：传说谷中有小白龙被恶僧无故斩首灭尸，女娲神寻救不果，因指悬崖倾神水成潭为之洗冤。

在人间，属新安，
杜甫过此逾千年。
历苦难，留诗篇，
“三吏”“三别”至今传[①]。
《新安吏》[②]，今非昔，
新安新人著新诗。
为民谋，探深谷，
众手拨云仙宫出。
山开口，龙抬头，
声动八方客来游。
赏美景，诉心愿，
赤壁崖前赤心见[③]。
美景路，致富路，
最美还看民共富。
华西村，南街村，
龙潭请来做嘉宾。
三门开，梳妆台，
黛眉新装我又来。
悲喜泪，扶天碑[④]，
民心齐天望腾飞。
访龙潭，辨真颜，
要看红色龙腾上九天！

二〇〇九年七月

---

①② 自注：“三吏”“三别”为“安史之乱”时期杜甫名篇，《新安吏》为“三吏”之一。

③④ 自注：为景区内标志性景观。

题刘振起将军画葡萄

刘振起将军手绘巨幅葡萄，嘱为题咏。余诗书学浅，尤不谙绘事，踌躇间试借唐人王翰《凉州词》，反其意而草此拙句，不知可勉强应命否？

葡萄美酒举千杯，
遥想边关奏凯回。
今看丹青增硕果，
将军笔下耀新辉。

二〇一〇年春节

游台儿庄运河湿地公园

运河命运河，
沧桑感慨多。
少别父母乡，
今游神仙泊。
悠悠千思水，
脉脉万情荷。
湿地成诗地，
船载寻梦歌。
人运系国运，
共叙“梦寥廓”①。

二〇一三年六月十一日

① 自注：毛泽东《七律·答友人》：“我欲因之梦寥郭”。

祝翟泰丰同志八十寿

征程风雨中，
日久识泰丰。
多才愧不及，
大道心相同。
读君写《宣言》①，
感我泪纵横。
今为志者寿，
八十不称翁。

二〇一三年八月创作

① 自注：指书法写《共产党宣言》全文。

游黄山感怀

二〇一四年我年近九旬，入春一场病后，蒙友人相助，于五月十五日起赴徽地疗养，乃有平生第一次黄山二日之游。

神游黄山境，
真见迎客松①。
问我何方来？
万里思征程。
延水育年少②，
今成九旬翁。
百惭一自豪，
未负始信峰③。
宝塔山下路④，
同道偕壮行。
云海任变幻⑤，
天都继攀登⑥。

二〇一四年五月十六日作于黄山

---

① 新注：迎客松，黄山最具代表性著名景点。

② 新注：作者 1940 年 4 月不足 16 岁奔赴延安。

③ 新注：始信峰，黄山 36 峰之一，著名景点。

④ 新注：宝塔山，山上有塔，故名，延安象征。

⑤ 新注：云海，黄山著名景观，云雾茫茫，犹如波涛滚滚、险浪层层。

⑥ 新注：天都，天都峰，黄山三大主峰之一，意为众仙会所、天上都会，是黄山最高最险也最美的景点。

祝徐光耀同志九十寿

光耀人民文学史，
根扎平原烈火中[1]。
西风岂能凋碧树[2]，
小兵张嘎立高峰[3]。

二〇一五年创作

①③ 自注：《平原烈火》《小兵张嘎》为徐光耀著长篇小说。
② 自注：《西风岂能凋碧树》为徐光耀著长篇散文。

附　录

《贺敬之诗书集》 自序

我从学写新诗以来，在形式方面曾作过各种尝试和探索，其中包括对我国旧体诗词的某些因素和特点的借鉴与吸收。上世纪六十年代以后，特别是近十多年以来，除在新诗写作中继续这样做以外，我还直接采用长短五、七言形式写了一些古体诗。收进这本集子的这些篇章，就是从这些年所作之中选出来的。

旧体诗对我之所以有吸引力，除去内容的因素之外，还在于形式上和表现方法上的优长之处，特别是它的高度凝练和适应民族语言规律的格律特点。无数前人的成功作品已经证明运用这种诗体所达到的高度艺术表现力和高度形式美。不过，同时也正由于它诗律严格，所用的书面语言与现代口语距离较大；因此，能熟练地掌握这种形式，得心应手地写出表现新生活内容的真正好诗来，是颇不容易的。特别是对才疏学浅的我来说，更是如此。

那么，作为一个原本是写新诗的人，我为什么要作这种力所难及的尝试呢？回顾起来，这不仅是由于旧体诗词在今天仍有众多作者和广大读者这一事实的启示，还由于自近代迄今已经出现的写旧体诗词的许多大诗人和许多成功作品的鼓舞。此外，自然也由于我从自己的尝试中也多少获得一点粗浅体会。约略言之，就是：旧体诗固然有文字过雅、格律过严，致使形式束缚内容的一面；但如果不过分拘泥于旧律而略有放宽的话，它对表现新的生活内容还是有一定适应性的。不仅如此，对某些特定题材或某些特定的写作条件来说，还有其优越性的一面。前者例如，从现实生活中引发历史感和民族感的某些人、事、景、物之类；后者例如，在某些场合，特别需要发挥形式的反作用，即选用合适的较固定的体式，以便较易地凝聚诗情并较快地出句成章。

所谓“合适的较固定的体式”，对我来说，就是这个集子里用的这种或长或短、或五言或七言的近于古体歌行的体式，而不是近体的律诗或绝句。这样，自然无需严格遵守近体诗关于字、句、韵、对仗，特别是平仄声律的某些规定，这是不言自明的。但由于人们往往不区分古体与近体，特别是对四句或八句的古体和近体不加区分，一概按近体的律诗或绝句的格律来要求。为此，我曾几次借集内某诗发表之机说明是“不拘旧律”，甚至还说过我是“诗无律”(见《故乡行》小序)。其实这原可不必，并且这样说也是不够准确的。因为，这些诗不仅都是节拍（字）整齐，严格押韵（用现代汉语标准语音)，同时还有部分律句、律联。就平仄声律要求来说，绝大多数对句的韵脚都押平声韵（不避“三平”），除首句以外的出句尾字大都是仄声（不避“上尾”）。因此，至少和古代的古体诗一样，不能说它是“无律”即无任何格律，只不过是不同于近体诗的严律而属于宽律罢了。

一九八八年发表《游长白山天池短歌》时，我在前言中曾说：

> 关于运用旧体诗词形式写作是否必须绝对沿守旧格律，近年来有歧议。创作中的实际情况是，有许多作者现在多已不再严遵旧律。从文学史上看，自唐代近体格律诗形成后，历代仍有许多名诗人的名作不尽遵律。对此，有识之士未予诟病，亦有以“古绝”“散绝”称之者。因此，对我们今天来说，我以为遵律严者固佳，不尽遵律者也应有一席之地。

现在，在这里还可以做一些补充：一、就平仄声律来说，由于历史发展造成的语言变化，按照现代汉语语音来读古典诗词，已有不少不能谐和之处。相反，如运用现代诗歌朗诵技巧来处理，不仅这些诗，别的不讲求平仄声律的诗，也都是可以读出抑扬、轻重、长短，以及相互的配合，从而达到声调和谐的效果的。二、就格律从严要求的本身来说，也是需要并可能根据生活和语言的变化而加以发展的。格律的形式美，不仅来自整齐，也可来自参差；不仅来自抑扬相异的交替，也可来自抑扬相同的对峙；不仅来自单式的小回环，也可来自复式的大回环，如此等等。因此，不仅对古体诗，即使是对近体诗来说，也是可以在句、韵、对仗，以及平仄声律等诸方面进一步发现新的规律，以改变并发展原有的格律，而不应永远一成不变的。

当然，首要的问题还是在于内容，在于形式和内容的协调一致。这对包括格律诗在内的任何艺术都是一样的。判断一首旧体诗的优劣高下，不能只是形式方面所要求的诗律，还必须要有从思想内容方面所要求的诗思、诗情；更必须要有使这种诗思、诗情得以艺术地显现的诗意；这才有可能从内容到形式做到整体表现的诗味。这些关于诗思、诗情、诗意和诗味的话，也许已经是老生常谈了，但我以为却是不应不谈的。而正是在这重要的方面使我感到惭愧。因为，这本集子里的这些东西实在是水平不高，可以说大部分都是诗思不深、诗味未醇的粗陋之作，是不敢轻易与读者和方家见面的。因此，它们中的大部分都被长期抛置而未曾发表。

现在，我之所以终于不揣浅陋竟将它们结集付梓，除去由于几家出版社，特别是作家出版社同志的鼓励之外，毋庸讳言，也还因为自己略有敝帚自珍之意。这就是：它们从某一侧面、某一片段多少反映了若干年来、特别是这十多年来我的某些经历，多少记录了我在这段历史大变革时期某些方面的所见、所感、所思，从而多少显现了一丝半缕的时代折光。尽管它们思想艺术质量都不高，但比起以往来，我更为自觉地注意到不仅见喜，也要见忧；不仅见此，也要见彼。尽管所见不广，所感不深，所思不远，特别是能表现出来的不过一鳞半爪，但却是来自真实、出自真心的，即大家常说的“真情实感”。同时，其中既有我之所思，也就不能不有我之所信。就这一点来说，现在回头来看，尚觉思无甚谬，信无稍移。这正如集内一诗中所道：“一滴敢报江海信，百折再看高潮来!”

序末，附带再说一事：此集收进我毛笔自书原诗若干篇，是为诗、书合集。这样做，我曾犹豫再三。因我虽素喜书法，但始终未曾入门。只是想到也许可作调剂版面之用，才勉强鼓起了勇气。倘若因此而反使读者不快，即除诗拙外又添字拙，那就更需敬请读者和方家批评指正了。

一九九三年四月八日

《贺敬之诗书二集》 自序

一九九六年中国文联出版公司出版的《贺敬之诗书集》，是我的第一本古体诗歌创作和书法作品的合集，是从一九六二年至一九九三年期间所作之中选出的。现在的这一本是它的续集，其中除一小部分是一九九四年以前未收入上一集的以外，大部分是自一九九四年至今所作。有些篇章曾在近几年来的报刊上发表过，多数则未曾面世。

在上一本《贺敬之诗书集》的自序中，关于我为什么要尝试写古体诗，特别是为什么要采用自己的这种写法，其中包括对声律的变通运用，我都较为详尽地陈述了自己的浅见（此序文曾被多处转载）。现在续编的这一本，总体上仍然是延续先前的看法和写法，故而在此序中不再赘述。

但有一点想略作补充说明。前一本所有各篇都是采用整齐的五、七言（个别有四言）句式，按传统说法是归于“诗”的体裁范围。而这一本却有几篇是采用长短句，即按传统说法应属于“词”或“曲”的一类。其中如《咏南湖船》《怀海涅》两首篇幅较长，接近古之所谓“长调”。不过，不论篇幅大小，都不是“填词”即按古词牌或曲牌的格式填写，而是仿效古人“自度曲（词）”和今人“自由曲（词）”的写法，即自由地变换字数、灵活地运用长短句式，同时也不受篇幅长短的限制。对于这样做，诗友们认为按照传统诗、词、曲的分类，已不宜于再叫它“新古体诗”而应称之为“新古体词（曲）”了。但照我个人想来，这二者都是我不成熟的尝试，实在当不起赋予什么正式“称号”的。我之所以想这样写，主要还是内容的需要。由于感到词、曲这一形式，除去它的自由度较大外，还在于它易于造成某种特殊的语感、节奏、气氛和情势，有利于表现具有某种特殊意味的某些特定的内容。而从艺术本质上说，这二者都应属于诗的一类。由此，这本续集仍像上一本一样，尽管自知思想和艺术的质量仍然不高，而仅就大的体裁归类来说仍可用“诗书集”（二集）字样，不再另起新的书名。

我正式公开发表的古体诗作品是一九九二年的《富春江散歌》（二十六章），当时曾受到刘征、贾漫、杨子敏、杨金亭等同志的鼓励。第一本《贺敬之诗书集》出版前后，陆续有吴奔星前辈及其他许多同志给予支持和指点，使我在感激的同时深感自己的不足。有的评论指出的缺点之一是用典过多和注释太繁，这是在细微处给我的帮助，也是我同样应当感谢的。

如何解决好在表现现实生活的诗词中用典的问题，这对我来说，的确是应当进一步学习、甚至可以说是需要从头学起的。上世纪八十年代初，在我向臧克家前辈讨教的交谈和通信中，我多次谈到他写的旧体诗生活气息浓郁，语言朴实而警策，诗意深刻而诗味隽永。相比之下，看到有的作者在作品中常用很多典故甚至僻典却不能使我在内容上有深切感受，因而对此颇不以为然，有时竟情绪化地表示过对用典一概不能接受。但是，在随后的几年中，经过进一步学习，特别是结合自己尝试写古体诗的实践，才感到不应如此，而当取深入研读、加以分析的科学态度。

诗，特别是抒情诗，其内容特点当然是以情为主。但情之所生和思之所出是离不开景、境、物、事和人的引发的。对于表现新生活内容的抒情诗来说，当然应当以抒写对现实生活的映像和感受为主。但现实生活是由历史生活发展变化而来的，感受现实不可避免地有时也会因感今而忆往，由抚今而追昔，以古往的历史轨迹、经验教训、精神和智慧等等作为感今、鉴今的重要资源之一，作为激发诗情诗思的重要触媒之一。这是从古诗传统和今诗经验中都可证明其不谬的。何况在现实生活中，特别是在历史悠久的中国大地上，不仅留有丰富的典籍和口碑，还有着无数珍贵的历史文化的实物遗存（古迹、名胜、馆藏等等），它们发挥着唤起民族记忆以推动现实发展的作用，一定意义上也成为了现实生活的一个组成部分。因此毫无疑问也就必然会是诗人关注的抒写对象之一。作品只要不是误用或机械地搬用典故、旧事和古语，不是如古人所忌的“獭祭”“饾饤”式的堆砌障目，自然也就不应像前述我那样地不以为然。

然而，对于我来说，认识有所提高之后如何落实到创作上却绝非易事。因此多年来，在这个问题上总是感到把握不大，心自存疑。直到前年我在写《访平顶山》的一组诗中，第一首一连引用和化用了七八个出于当地的历史掌故，就写作当时的所感所思而言是不能不如此的，但写出发表后却感到十分惶恐，不知道这样做是否妥当？因此，连同其他作品和其他方面一起，我一直期待着和寻求着读者及诗友们的批评指正。

与此相联系，还有注释嫌繁的问题。早有诗友提醒过，注释条目过多或注释文字过繁都会使读者感到吃力甚至会厌烦。为此，我曾考虑过大加删削甚至绝大部分根本不加注释。但后来却不能不又想到，这样做对于阅读水平较高的读者是可行的，而对于文史知识和鉴赏水平不高的读者来说则未必适当。古代的许多诗集在问世当时或以后陆续都有许多注释本随之而来，恐怕也是由于考虑到这一点的吧。总之，究竟如何是好，还是期待方家和读者在各方面给予指点。

再说一遍：我需要进一步学习，需要再一次从头学起。

二〇〇四年二月十七日

贺敬之主要创作经历及作品

陆　华　杨　娟

1924 年—1940 年

1924 年 11 月 5 日，贺敬之出生于山东省峄县台儿庄区贺家窑村一贫苦农民家庭。1937 年秋，考入滋阳县（今属兖州市）山东省立第四乡村师范学校。

1938 年台儿庄大战结束后，追寻山东流亡中学，经湖北均县、四川梓潼，在改名为国立六中的第一分校简师部学习，投身抗日救亡活动，与同学一起创办《五丁》壁报，并开始创作。1939 年，诗歌处女作《北方的子孙》，发表于成都《朔风》，笔名“艾漠”。散文处女作《诗人的出游及归来》，发表于成都《华西日报》，笔名“贝文子”。短篇小说《失地上的烽烟》在重庆《中央日报》副刊《平明》连载，笔名“荻波”。

1940 年，创作散文《夜》，发表于重庆《大公报》。诗歌《夜二章》，发表于成都《新民报》副刊《海星诗页》。4 月底，与同学李方立、程芸平（地下共产党员）和吕西凡离开梓潼徒步奔赴延安，长途跋涉，途中写作诗歌《跃进》四首，后连同短诗《自己的催眠》，先后发表于胡风主编的《七月》杂志。

1940 年—1945 年

1940 年 7 月到达延安。先到延安自然科学院中学部上高中，后考入鲁迅艺术文学院文学系第三期学习。后到安塞皮革厂实习三个月，做秘书。这一年创作诗歌《我们这一天》《雪花》《十月》《不要注脚——献给“鲁艺”》《雪，覆盖着大地向上蒸腾的温热》《我走在早晨的大路上》和组诗《生活》等，先后发表于延安出版的《大众文艺》《中国文艺》及绥德出版的《新诗歌》等刊物上。

1941 年 3 月 23 日，由同学张铁夫、程埅介绍加入中国共产党，创作歌词《歌唱建党二十周年》《红旗的歌》《党中央委员会》《毛泽东之歌》《朱德歌》《贺龙》等。此后，在鲁迅写农村生活的小说和俄国诗人涅克拉索夫写俄罗斯农民命运的长诗《严寒，通红的鼻子》等的启发下，连续创作了多篇反映家乡旧社会黑暗生活和人民奋起反抗的叙事体诗歌，包括《五婶子的末路》《鸡》《夏嫂子》《儿子是在落雪天走的》《婆婆和童养媳》《牛》《小兰姑娘》《老虎的接生婆》《祭灶》《弟弟的死》《葬》《在教堂里》《圣诞节》《铁拐李》《红灯笼》《小全的爹在夜里》《醉汉》《瓜地》《黑鼻子八叔》等，其中数篇发表于鲁艺编辑部的《中国文艺》和《草叶》杂志上。苏德战争爆发，创作歌词《红色的军队，前去》。皖南事变开始，创作朗诵诗《再斗争下去》(麦新作曲)。

1942 年 5 月 30 日，聆听毛泽东对鲁艺师生作的关于“小鲁艺”和“大鲁艺”的重要讲话。随后进入对毛泽东《在延安文艺座谈会上的讲话》的学习和延安整风运动。创作诗歌有《啄木鸟》《我的家》《太阳在心头》《给土地和牛拉拉话》等。

1943 年，从鲁艺文学系毕业，转入戏音系参加从鲁艺开始的延安新秧歌运动。年底，随鲁艺文工团赴绥德专区巡回演出并深入生活。在此前后创作《红五月歌曲联唱》（六首)、歌词《七枝花》《南泥湾》《翻身道情》《秋收打场》、秧歌队领唱词《打倒法西斯》(多首）及秧歌剧《栽树》等，其中多篇在延安《解放日报》发表。同时参与创作秧歌剧《夫妻逃难》《张丕谟锄奸》等集体创作。

1944 年，随鲁艺文工团在绥德、米脂、子洲等县的城镇乡村，进行社会调查，收集民间文艺作品，参与舞台演出，与张水华、王大化、马可共同创作中型秧歌剧《惯匪周子山》。4 月，返回延安。此剧被中共西北局文委授予一等奖。5 月，创作长诗《罗峪口夜渡》

初稿、歌词《胜利鼓舞》，秧歌剧《拖辫子》《瞎子算命》，由鲁艺秧歌队演出。在不久陕甘宁边区召开的文教大会上被授予“乙级文教英雄”称号。

1945 年 4 月，执笔创作新歌剧《白毛女》文学剧本（最后一场由丁毅执笔，马可、张鲁等作曲），向党的“七大”献演，剧本后由延安新华书店初版。

1945 年—1948 年

1945 年 9 月，日本宣布投降后，随鲁艺派出的华北文艺工作团离延安赴张家口。行军途中创作了组诗《行军散歌》，探索运用陕北民歌、古典诗歌和群众语言结合的形式表现此行的感受。以《看见妈妈》为代表，有《开差走了》《果子香》《崖畔上开花》《当天上响雷》《到清涧》《潢堂川》《羊儿卧》《枣儿红》《黄河畔》《过黄河》《临南民兵》共十二首，到张家口后，其中五首分别在张家口出版的《华北文艺》和《晋察冀日报》分别发表。

本年 11 月文工团改名“华北联大文工团”，由华北联合大学文艺学院领导决定继延安演出《白毛女》后再作修改，在张家口重新演出。文学剧本的修改仍由贺敬之执笔，吸取本地区同行、群众和领导意见，全剧经进行重大修改后正式公演。修改本于 1946 年在张家口正式出版。同一时期还修改并定稿在延安时创作的叙事诗歌《罗峪口夜渡》初稿，创作了歌词《纪念星海同志》《吊四·八殉难烈士挽歌》等。

1946 年 9 月，国民党发动全面内战，任华北联大文艺文工团戏剧队长兼创作作组长的贺敬之随团赴察南庄及山西大同前线进行慰问演出。张家口撤守后撤退到晋西北广灵，任南村区土改队长，创作民歌体歌词《翻身歌》、说唱体长篇诗歌《张大嫂写信》等。

1947 年底，随华北联大转移到冀中解放区束鹿县。石家庄解放后参加街道工作和郊区土改，并在束鹿县农村蹲点。在此期间创作长篇抒情诗《笑》、叙事长诗《搂草鸡毛》、秧歌剧《秦洛正》《张金虎参军》（由本团赴各地演出）。6 月，到华北野战军二纵队十六旅十六团一营三连任“文书”，同战士一起行军训练，参加青沧战役，立功受奖。

1948年，北京（当时称北平）解放前，随华大文工团赴涿县、长辛店参加解放北京的宣传准备工作。写作歌词《向胜利前进》，改《民主建国进行曲》（李焕之作曲），创作说唱题长篇歌词《平汉路小唱》（张鲁作曲）。11月，作为军代表到北京石景山钢铁厂参加接管工作，任军管会工会文教部副部长。

1949年—1955年

1949年初，由北京军管会下设的文管会调进北京城。4月，出席全国新民主主义青年团第一次代表大会。5月，出席全国民主青年联合会第一次代表大会。7月，出席第一届全国文学艺术工作者代表大会，被选为中国戏剧工作者协会理事和中国文学工作者协会理事。8月，作为中国民主青年代表团成员赴匈牙利首都布达佩斯出席世界青年大会执委会议和第二届世界青年联欢节大会，继而访问苏联后回国。年底，任中央戏剧学院创作室副主任。

1950年上半年赴河北农村深入生活，因患肺结核病住院治疗休养至1953年。1953年，任中国戏剧家协会创作室主任、《剧本》编委。

此前的1950年再次修改《白毛女》剧本，与马可共同撰写《1950年〈白毛女〉再版前言》。1951年，歌剧《白毛女》荣获斯大林文学奖二等奖。1951年出版诗集《笑》，内收1941—1948年创作的诗歌31首；诗集《并没有冬天》由胡风主编的《泥土诗丛》出版，分上集《跃进》和下集《乡音》，收1940年5月至1942年1月创作的诗歌27首；1954年由作家出版社出版诗集《朝阳花开》。

在此阶段创作歌词《戏剧工作者之歌》（边军作曲）《走向天安门》（马思聪作曲）《歌唱婚姻法》（刘炽作曲）等。另，主持集体创作并执笔大型歌剧《节正国》（未演出）。

1955年5月，作为中国代表团成员赴东柏林参加席勒逝世一百五十周年纪念活动，接着访问捷克。夏，回国后受胡风错案牵连，接受审查。

1956年—1965年

1956年初恢复工作，任《剧本》常务编委、《诗刊》编委。1960年当选中国戏剧家协会书记处书记。

1956—1965年，是诗歌创作上一个承前启后的重要阶段。一方面创作了一大批长篇和短篇的政治抒情诗，如《放声歌唱》《雷锋之歌》《中国的十月》《八一之歌》，以及《地中海，我们心中的海》《欢呼红色宇宙火箭》等。另一方面又连续创作反映新中国各条战线新面貌和新人物、具有民歌和古典诗歌元素的新体诗歌，如《回延安》《桂林山水歌》《向秀丽》《西去列车的窗口》等。

此外还创作了儿童诗《风筝》《妈妈的眼睛真明亮》《星星别害怕》等。

1957年，创作歌剧电影故事片《画中人》（由王滨导演，马可作曲）。

1962年初，与赵寻共同负责文化部和中国剧协在广州召开的全国话剧、歌剧、儿童剧创作座谈会（即“广州会议”）的筹备组织工作，任副秘书长，期间组织了若干调查组分赴各大区调查戏剧创作情况，并带一组去沈阳、鞍山、大连等地，组织多次专业和业余作者的座谈会。期间创作新古体诗《南国春早》二首和《访崖山》五首。再次执笔修改歌剧《白毛女》，于5月在纪念毛泽东《在延安文艺座谈会上的讲话》发表二十周年时在北京演出，周恩来总理观看并发表谈话。1963年6月底7月初，随王震将军从上海赴新疆，先后到乌鲁木齐、石河子、伊犁，最后到达阿克苏。年底在阿克苏创作诗歌《西去列车的窗口》歌词《天山高峰高上天》（田歌作曲）。

1964年，创作诗歌《又回南泥湾——看话剧〈豹子湾战斗〉》，歌词《塔里木之歌》。参加《东方红》音乐舞蹈史诗集体创作，创作歌词《伟大的祖国》。

1965年，创作诗歌《回答今日的世界——读王杰日记》。

1966 年—1976 年

1966 年，在“文化大革命”中受到迫害，被剥夺了写作和发表作品的权利，强制到文联接受批斗和隔离审查。1969 年，在周恩来总理关怀下得到“解放”，回《人民日报》社文艺部任支部书记。1973 年，由于《放歌集》（出版于 1961 年）的再版，被“四人帮”视为“右倾复辟”“黑线回潮”的重点人物。1975 年，下放到首都钢铁厂。1976 年，“四人帮”被粉碎后，调文化部部核心组工作，创作新古体诗《饮兰陵酒》《赠诗友》。

1978 年—1991 年

1978 年起，当选中国共产党第十一次全国代表大会代表，第十二届、第十三届中央委员。历任文化部副部长、党组成员并兼任文化部艺术研究院院长、中宣部副部长、中国作家协会鲁迅文学院院长、全国文联委员、中国作家协会副主席。另，任第七届全国人大常委会委员及教育科学文化卫生委员会委员。

1987 年 12 月 16 日，中共中央通知“同意贺敬之同志退下来的请求，免去其中共中央宣传部副部长职务”。

1989 年 9 月，中央任命为文化部代部长和党组书记，同时恢复中宣部副部长职务。

这一阶段的创作重心转为新古体诗，探索运用新古体诗反映现实生活和时代精神。

1979 年《访日杂咏》十九题二十二首。

1982 年赴陕西，重访延安，创作新古体诗《陕西行》十一题十二首，其中以《登清凉山》《谒黄帝陵》和《过耀县》为题三首载《陕西日报》。

1983 年，创作新古体诗《应〈大风〉编者索题》。

1985 年，创作新古体诗《青岛吟》九题十首，《胶东行》十一题十四首，《荆州行》五首、《三峡行》九首，《应四川射洪酒厂所题》二首。

1986 年，创作新古体诗《南粤行》十三首、《哲盟行》八首、《题长春京剧团》《老人节访延边》九首、《长白山天池短歌》九首、《江城吉林二题》《重访桂林》六首、《青州三题》《过洞庭湖》二首。

1987 年，创作新古体诗《西安》二首，为歌剧《歌仙——小野小町》题诗，《故乡行》十五首，《访石花洞》二首，《戏赠某同志罢某官》和《题某同志别海照》。

1988 年，创作新古体诗《再访桂林》六首、《灵渠“三将军墓”有感》《与画家交谈桂林城建》《梧州》二首，《再访胶东》四题九首、《枣庄行》四题七首及《题赠台儿庄酒厂》《题赠辽东文学》《游本溪水洞》《冬郊观梅寄梅行同志》《题赠王学仲》。其他诗歌创作还有《索菲亚盛夏》《重新长大》《啄破》。

1989 年，创作新古体诗《云南行》四首、《洞房留影》《春入夏》《咏老龙头》。

1990 年，创作新古体诗《观文艺会演有感戏作》《天水》二首。

1991 年，出访印度、新加坡、阿曼、巴林等国，创作新古体诗《会见印度孟加拉邦共产党书记乔蒂·巴苏》《题赠驻阿曼中国使馆同志》及《赞李东辉同志》《访仙游寺》。

1992 年—现在

1992 年，离休。

本年 5 月疗养期间游览富春江，创作新古体诗《富春江散歌》二十六首，其中《百折再看高潮来》及《川北行》中的《百世千劫仍是我》由陈志昂谱曲。

此后，继续创作新古体诗《赠史莽同志》《笑说铁观音》《大观西湖》《访湖州》《莫干山二章》《题刘政回忆录》。

1993 年，重访四川北部故地，顺游九寨沟，又访江油李白故里，创作新古体诗《川北行》十五题三十首。

1994年，被推选担任中国毛泽东诗词研究会会长。9月，访四川乐山市创作新古体诗《曹渔滩诗草》《题赠徐启斌同志》《题赠周纲同志》。10月访德阳、绵阳，创作新古体诗《德阳二题》三首、《登绵阳富乐山》。11月访昆明，创作《昆明》四首。1995年，创作新古体诗《咏徐州》。

1996年，出版《贺敬之诗书集》，内收1962—1993年创作的新古体诗241首及作者相应的书法手书，由中国文联出版公司出版。

1997年，创作新古体诗长篇《怀海涅》、修订另一长篇《咏南湖船》。另有短章《题汤显祖纪念馆》《茅台酒厂嘱题》《咏黄果树大瀑布》等。

1998年，创作新古体诗《“九八抗洪”看文苑》《题茅台诗会二章》《灵宝二题》《赠魏巍同志》三首。

1999年，创作新古体诗《散歌纪行》三首，《访神农架》（外一首）《漳浦剪纸艺术节》《乌石荔枝园》《东山岛寡妇村》《漳州南山寺》《漳州红军纪念碑》《访郑成功纪念馆》《苏北三题》等。

2000年，创作新古体诗《题杨竹画雪竹图》《记杭州孟庄创作之家》《观张文俊巨幅山水》《观贺成国画作答同观者问》等。

2001年，创作新古体诗《访平顶山》《游风穴寺》《谒三苏祠》《记某退休老同志》《歌汝州温泉》《歌汝瓷新生》等。

2002年，接受世界诗人大会和世界艺术文化学院授予荣誉文学博士学位。创作新古体诗《滇西三题》《马年贺卡选二》《即事戏作》。参加第七届国际诗人笔会，被授予“中国当代诗魂金奖”。

2004年，参加中国作家协会在现代文学馆举办贺敬之文学生涯65周年研讨会。同年出版专著《贺敬之谈诗》。2005年，六卷本《贺敬之文集》由作家出版社出版，其中诗歌一卷，新古体诗一卷，文论两卷，歌剧·歌词一卷，散文·书信.答问一卷。

2006年，《贺敬之词作歌曲集》（陈志昂等编），内收240多首歌词，由中国文联出版社出版。诗集《贺敬之诗词三十首》，由中国社会出版社出版。本年内创作新古体诗《观画家赵志田同志大型绘画〈烽火太行〉》《题〈戴明予同志纪念文集〉》《谢画家王春仁》《赠文艺评论家艾斐》《悼诗人白莎》。

2007年，创作新古体诗《台儿庄散歌》12首。

2008年，创作新古体诗《〈老马识途〉漫思》《题迁安贯头山酒厂》。

2009年，创作长篇新古体诗《访黛眉山龙潭大峡谷》《登白云山述怀》。

2011年，新古体诗选《心船歌集》由北京线装书局出版。

2013年，荣获第二届“中华艺文终身成就奖”。创作新古体诗《游台儿庄运河湿地公园》。

2014年，90岁生日前，病中游黄山，创作新古体诗《游黄山感怀》。

江山留韵律　日月寄诗魂

——贺敬之“新古体诗”印象记

吴奔星

近有诗友奔走相告：一九九四年八月六日出版的《文艺报》第三十一期以二分之一的“作品”版面，刊发了老诗人贺敬之同志的“新古体诗”《文情艺事杂诗》二十九首，洋洋大观，可以一读。我立即示之以此文初稿，诗友笑曰：我辈布衣，虽非“英雄”亦所见略同。时适江南酷暑，他豪饮凉茶一口，炯然双目，落于拙作稿纸，念念有词。

敬之同志的《文情艺事杂诗》近三十首，起于一九七六年十一月“文革”结束后，在其家乡山东写的《饮兰陵酒思李白》，终于一九九二年五月二十三日《在延安文艺座谈会上的讲话》发表五十周年在浙江湖州参观铁佛寺后写的《笑说铁观音》，时间跨度近二十年。假如敬之同志在“文革”前后还写过“新古体诗”，时间跨度自然更长。敬之同志的“新古体诗”与九十年代初期（一九九二—一九九三）台北范光陵先生提倡的“新古诗”虽只一字之差，却非一码事。“新古诗”正在台北的《国文天地》《乡情》等杂志展开争论，是是非非，莫衷一是。我拟另写《关于“新古诗”的是非观》一文，以免人们将二者混为一谈。

西方一位哲人曾说过类似的话：凡是新的人、事、物，给人最真实的是第一印象（Firstim Presion）。敬之同志的“新古体诗”给我突出的印象：首先是在体裁、形式上，尊重古体诗（包括律、绝、词、曲等古代格律诗和古风、歌行等古代自由诗）的传统规律（如体裁、平仄、对偶、韵律等等），而又不拘泥于这些规律，意到笔随，听其自然。比如《皇甫村怀柳青》诗二首。虽保持七绝和七律的形式，却不拘平仄、对仗和脚韵，读之仍节奏和谐。如“父老心中根千尺，春风到处说柳青”之类的佳句，亲切动人，一往情深，柳青活在父老乡亲心中，真可以不朽矣。

其次，在诗的意境上，诗人站在当代形势与思想的高度，推陈出新，耐人寻味。敬之同志是山东枣庄人，“文革”结束后，于一九七六年十一月还乡写了一首新五律《饮兰陵酒怀李白》：“太白何处访？兰陵入醉乡。我来千年后，与君共此觞。崎岖忆蜀道，风涛说夜郎。时殊酒味似，慷慨赋新章。”古代五律，中间四句两联，即颔联与颈联，是要讲究对仗的，而此诗的颔联并不相对，颈联却对仗工整。通过这二联，恍惚再现了李白坎坷、飘泊的一生，似乎起李白于地下，相对痛饮，今古同觞。豪情醉意，宛然在目，意境清新，沁人肺腑！敬之同志的故乡有万亩石榴园，闻名遐迩。他于一九八八年写了新体七绝《四园诗》四首。面对“五月榴花照眼明”，他高唱：“燎原星火似重现，忽作银河倾碧天。诗人奇境知何处？我乡枣庄石榴园。”诗人喜见故乡石榴花，一面忆及星火燎原的战争年代，一面又幻化为繁星万点的银河，展现家乡的美景奇观，叩响了怀乡爱国的主旋律。

再次，近三十首“新古体诗”写山写水，写古写今，都是抒发诗人从个体到集体的感情。早在二十九年前的一九五九年，敬之同志发表了饮誉海内外的《桂林山水歌》，就已显露出“新古体诗”的苗头。一九八八年他应邀参加诗配乐电视风光片《桂林山水歌》的拍摄，东道主安排他与桂林青少年诗友在漓江自桂林至阳朔的风光最佳点兴坪联欢。他乘兴写出了“新古体诗”七绝《兴坪联欢》：“兴坪渔火连篝火，一夜新歌接旧歌。二十九年情与梦，漓江小友知心多。”此诗平仄与古人七绝完全相同，但境界广阔，火色与歌声推动感情从个体融汇于集体，不仅点明了“联欢”的主题，而且揭示了新社会的时代氛围与历史风貌。值得注意的，还有一首新体五言古风《游石林》：“览史忆战阵，访滇游石林。挥杖指万象，走马阅千军。向天皆自立，拔地深连根。入林识战友，叩石听友心。问石立何位？问林何成因？结群基一我，众我成大群。主、客二体合，个、群互为存。天运此正轨，人运亦同轮。峥嵘井冈路，风雨天安门。正、反思得失，‘人’字论纷纭。忽见‘救世’者，大言指迷津。西寺讨旧签，何诩‘启蒙’新？废己故遭祸，唯私必沉沦。中华再崛起，大我振国魂。拨乱非易帜，石林响正音。感此热血沸，挽石入人林。”此诗有描写，有议论，有叙事，有批判，显示了历史发展的规律，奏响了爱国主义和集体主义的主旋律。

诗人写天写地，写山写水，二十九首，欲罢不能。合而观之，可谓江山留韵律，日月寄诗魂！

综上所述印象，使我联想起毛泽东同志生前多次鼓励写新诗的人，向古诗和民歌汲取营养，特别是一九六五年七月他写给陈毅同志的那封谈诗的信，明确指出新诗的“将来趋势，很可能从民歌中吸取养料和形式，发展成为一套吸引广大读者的新体诗歌。”敬之同志是《在延安文艺座谈会上的讲话》的精神哺育与培养下成长起来的老歌手和老诗人，现亦年届古稀。他写诗的历史，可以说是认真向古诗和民歌汲取营养的历史。他向古代诗歌和民谣汲取了哪些营养呢？单从他的“新古体诗”看，也有艺术构思的紧凑、诗歌语言的精练、艺术境界的引人入胜、联想和想像力的丰富，以及节奏鲜明、音韵和谐等等方面。诗是语言的艺术，敬之同志是下过苦功的。记得郭沫若同志早在抗战时期，就劝告新诗人要充分利用汉语具有平仄和双声、叠韵等特色，促使诗的语言流线型化，以便广大读者吟诵和记忆。我觉得敬之同志的新古体诗，在语言的灵活运用方面，多已达到流线型化的艺术境界。至于他写的“新古体诗”是不是毛泽东所企盼的一套“新体诗歌”之一呢？我认为即使不能人皆认同，至少应该说他是最早为此而投入创作实践的第一批诗人。当然毛泽东所企盼的一套“新体诗歌”，在体裁形式和艺术风格方面，决非定于一尊，而是需要多样化的。还值得指出的是，毛泽东是专写旧体诗词的，对新诗的成就并不满意，可是他对新旧体诗的地位，却明确指出：“诗当然应以新诗为主体”。正是从这种“诗的主体论”出发，他才殷切地企盼在新诗领域内能涌现一套“新体诗歌”。这是一位伟大的杰出诗人高瞻远瞩的诗学观。因为他深知：传统诗词尽管是中华民族的骄傲，毕竟是过去时代的产物。我们今天写作传统诗词，旨在弘扬诗词的民族传统，推陈出新，超越前人。而他之所谓发展成一套“新体诗歌”，则是鼓舞广大诗人的雄心壮志，在继承我国诗歌的历史的和现实的优秀传统过程中，刷新各种诗歌，使之逐步形成一套足以反映时代精神的代表性诗体。因为中国历代都有各自的代表性诗体，社会主义时代更加要有自己的代表性诗体！敬之同志所尝试的“新古体诗”，自然可以算是社会主义时代所企盼的一套“新体诗歌”的体式之一。为了实现毛泽东所期待的一套“新体诗歌”的宏愿，今天的诗人既可以尝试历代与当代的各种诗体，也可以尝试从西方引进的许多现代主义的诗体。总之，在历史悠久而又青春焕发的中华诗园里，可供驰骋的广阔天地，正在等待着当代各种流派和风格的老中青诗人，发挥各自的才华，作出各自的贡献。贺敬之同志的“新古体诗”迈出了具有历史意义的一步，即并非只此一家的唯一的第一步！

（原载 1994. 9. 3《文艺报》）

之江报潮信　壮怀读贺诗

——读《贺敬之诗书集》

贾　漫

一

在评论《贺敬之诗书集》以前，不得不恋恋回顾五十年代六十年代的贺敬之，那时他的诗一出现（不是所有的诗），可以毫不夸张地说，立即引起青年人倾城倾国的追慕。诗歌唤起的是一种声音的力量，我无法用一种道理说出当时的感受，只好借助李白的两句诗，那就是：

为我一挥手，如听万壑松！

那是一种大气磅礴的鼓动，这种大气磅礴来自时代的大气候，只有万壑松涛风鸣谷应，才能形成这样的大气候。贺敬之讴歌的时代，正是新中国如日东升，朝气蓬勃。时代倾心于他，他更倾心于时代。

一曲《桂林山水歌》，如南天独秀之松，秀而不媚；

一曲《中流砥柱》，如擎天独立之松，独而不傲；

一曲《雷锋之歌》，如身化千亿之松，使多少青年洋洋乎而生凌云之志。雷锋造就了贺敬之的诗，贺敬之又再造了雷锋。

一位上海复旦大学毕业的朋友对我讲，一九六三年秋，贺敬之与郭小川到校朗诵诗，贺敬之朗诵了他的《雷锋之歌》，他全身心地投入，激动得忘了自己，险些从台上跌了下来，他的诗激动了全校师生，使他们十多天沉浸在《雷锋之歌》的热潮之中。一位他的诗歌崇拜者，去年在《羊城晚报》上著文，回忆当年为了买到他的诗集，徒步一百多里，到县城书店去寻找，多次未找到，最后托朋友，终于获得“千金洛阳”，这位崇拜者如今已是多次获奖的侗族诗人。

为什么他的诗在那个时代，达到那样的高峰？难道他比同代人有更高的才能吗？

二

或曰：才者，德之资也；德者，才之帅也。可见才能是服从于德的，德是统帅，德是灵魂。虽然刘勰在《文心雕龙》的《程器》一章，举出几个败德而成材的作家，为二元论者提供了依据，但刘勰最终还是指出：“彼扬马之徒，有文无质，所以终乎下位也。”他还是认为德高于文，他还是悟出为文之道：“散采以彪外，楩楠其质，豫章其干”，也就是所谓文章的风骨。

贺敬之当年，不论《放声歌唱》《十年颂歌》，还是《雷锋之歌》，诗中那些无与伦比的语言，都是来自无与伦比的激情。他的真诚而忘我的炽烈之情，恨不得把自己烧成灰烬以此来表达他对祖国、对人民、对未来的“一寸相思一寸灰”的贞烈之爱。

> 扯开/我的衣襟/看我胸中的/千山万壑/朝向你——/怎么能不发出/阵阵回音?！……（《十年颂歌》）

或者像《雷锋之歌》中：

> “小雷”呵——/你只有/一百五十四厘米/身高，/二十二岁的/年龄……/但是，在你军衣的/五个纽扣后面/却有/七大洲的风雨/亿万人民的斗争/——在胸中包容！……

这种乾坤日夜浮的胸怀何等博大！如果他只是冷眼旁观，而不是全身心地投入，来一次灵魂的爆裂、燃烧、重铸，怎能铸出一代洪钟的阵阵轰鸣。贺敬之果真是“梗楠其质，豫章其干”，森森树立了革命现实主义与革命浪漫主义的诗歌风骨，《雷锋之歌》是一篇杰出的代表。

革命现实主义与革命浪漫主义，虽然不是唯一的创作方法，但在文学发展史上却应占有重要地位。遥想当年，宋朝虽亡，文天祥身陷囹圄，以一气而胜七气，即用浩然正气而胜狱中的水汽、米气、日气、火气、土气、人气、秽气。而当时元朝的王气、霸气笼盖天地，其气焰何等嚣张，而今安在哉？而文天祥的浩然正气，鼓舞了八百多年的中华民族（包括蒙古民族），它自然影响了贺敬之的诗魂，难道这不正是革命现实主义与革命浪漫主义的磅礴大气吗？这不正是德帅其才的中华青史吗？

三

但是，自从《中国的十月》发表以后，贺敬之几乎很少再写新诗了。田间与他，曾经作为老一代诗人，到《诗刊》组织的第一届“青春诗会”上为青年作者谈诗，鼓励不同流派的诗歌“百花齐放”可是他自己的诗花却迟迟不放。难道因为重任在肩无法执笔？难道因为人民的忧患已经消除？难道因为英雄诗的时代已经过去？在我注目者，滔滔的笔会，寻觅者，洋洋的诗群，真是望穿秋水，不见斯人踪影。想不到，在他的故乡山东：“柴门鸟雀噪，归客千里至。”（杜甫：《羌村三首》）一组《故乡行》短诗，就这样于一九八七年默默地产生了，直到一九九〇年才得见于《光明日报》。

其实，在这前后，贺敬之还曾有延安、西安、青岛、胶东、深圳、珠海、内蒙古哲盟、吉林省延边以及川北等地之行。所到之处，大都有诗，真实地记录了诗人对新时期以来祖国的巨大变化，特别是对改革开放所取得的辉煌成就的热情肯定与由衷礼赞，如《咏烟台》《咏长岛》《访黄岛开发区》《访深圳蛇口区》《宿大鹏湾小梅沙》《访桂山岛》《长清新城留别》《访灵渠》《访珠海市留赠》等等，可谓“情蘸南海如泼墨，写我百年两腾飞”，欢呼“南风吹人醒非醉，繁花更映木棉红”，讴歌“千山开放万壑改，长街远出旧关隘”，充分表达了诗人的兴奋心情。与此同时，诗人也对新形势下出现的新问题满怀忧虑，形诸吟咏。

> 解枷非解甲，归田岂归天？南山歌“南泥”，马鸣自跨鞍。
> （《戏赠某同志罢官》）

短短一首戏赠诗，隐含多少时代的忧伤！几年来，一阵阵否定一切的邪气浸淫华夏，否定屈原、杜甫、鲁迅，否定文化传统与革命传统，否定社会主义道路，进而否定整个民族。贺敬之几次被“解甲”，但是，作为一个公民，一个自觉的革命战士，岂能与世无争？自觉的战士就应当耳闻萧萧马鸣，自动跨上征鞍。可以说，《贺敬之诗书集》里大多数作品，都是“马鸣自跨鞍”，“新喜新忧感非昨”之作。

当时中央电台天天播放《河殇》。反对民族封闭、固步自封，自然是应该的。但是《河殇》盼望全盘西化盼得眼睛都蓝了，媚蓝、崇蓝，要把整个黄土地投入他们的蓝色染缸，需要司马光砸破这一口缸，救出沉溺的儿童。他们认为黄土文明永远不会兴盛，他们忘了汉朝的文景之治、唐朝的贞观之治，难道没有兴盛过吗？还有一种寻根之热，也有两种态度。有的人寻找洋根、西根、孽根甚至祸根，有的人干脆说不如把中国变成殖民地，比现在更好。

正是这个时候，诗人回到生身之根——枣庄，找到他的命运之根。

> 共叙河山腾飞愿，谁听改色变蔚蓝？
> 榴花尽染先烈血，熠熠红旗识故园。
> （《枣庄行》）

正是在铁枝霜干之间，他看到红枣的盏盏红灯，榴花的点点星火，看到“河山腾飞愿”逐渐得以实现。这一切，都是来自英雄的血沃，来自红旗的抚爱，来自改革开放的馈赠。但改革不能“改色”，“红旗”不能变蓝，这才是诗人生命的故乡、精神的家园。不仅如此，他更进一步刨根问底，继续深入：“花焰光透匡衡壁，籽液甘涌贾氏泉。繁叶万顷根千载，遍阅九州唯此园。”原来诗人故里，是近两千年前，匡衡凿壁偷光之处，是明代大作家贾三近著书立说之处。破壁，引来文明之光；破土，引来文明之泉，黄土地之根，千古以来是“繁叶万顷”根深叶茂的，谁信那些欺人之谈！

诗人根据自己“欲探真美入下层，地心深与人心同”的近似哲人的体会，在故乡和全国各地深入走访，上下求索，今古探源，获得无穷力量。

他访李易安：“遥听鬼雄句，羡我访故乡。”他访辛幼安：“今寻幼安擒叛地，午梦点兵呼我来！”婉约派、豪放派两位大词人的爱国情怀，使他双双追慕。他访孔子：“往事如涛曲阜夜，起听新歌《大道行》。”他在特定时期，重新想起孔子关于宁武子左右逢源、弃道保身的政治市侩态度的讽示，重新体味郑板桥面对浊世说出“难得糊涂”的苦心，而愤然吟出：“愚不可及宁武子，难得糊涂郑板桥。虽见玄坛纵黑虎，岂信黄粱新宋朝？”“玄坛”即道教所奉财神赵公元帅；诗人当时恰恰痛心地看到“赵公元帅”正在大“纵黑虎”，膜拜西方，推行“一切向钱看”，为腐败现象辩护，支持、纵容资产阶级自由化再次泛滥。在这种情况下，要诗人逃避现实，像宁武子那样一味装傻，像郑板桥那样故作糊涂，是不可能的。诗人关心国家前途与民族命运的忧患意识和真理必会打破任何邪恶的黄粱美梦这一坚定信念跃然纸上。

他由民族之根，而攀民族之峰，而登五岳之尊，于是他的心胸豁然开朗：“青松红日对我望，齐报骨坚心透明。”（《日观峰上口占》）

四

原来，贺敬之并没有停止写诗，而是选取了另一种文体，另一种形式。《贺敬之诗书集》中数百首短歌，包括了一九六二——一九九三年共三十一年的创作历程。

这些诗，采用了五七言古风歌行体的形式。他为什么要采用这种文体形式呢？用他《自序》中所说，就是：“在某种场合，特别需要发挥形式的反作用，即选用合适的较固定的形式，以便较易地凝聚诗情并较快地出句成章。”

例如他在一九七九年，率中国京剧团出访日本，他的即兴短诗数十首，充分发挥了诗歌外交的作用。

他访松山芭蕾舞团，旧友重逢，便出句成章：“一曲《北风吹》。含笑话酸辛。”他与新制作剧团联欢，便挥泪成诗：“一声周总理，相见泪滂沱！”与已故日本友人后藤先生的夫人及义子会晤、赏菊、饮茶，即兴将此情此景，以及对逝者的缅怀，一并凝入诗情：“傲霜金菊塑前贤，破雾银球念后藤。《樱花》曲终思不尽，秋雨绵绵意更浓。”

迅速地凝聚诗情，迅速地出句成章，使他在回山转海之中，在参观走访之中，向改革开放，向祖国未来寄托自己的不尽情怀。虽然他已年过花甲，在参加长白山地区老人节的联欢时，却以惊人妙句，抒发老当益壮的豪情：“长白晚霞变早霞，倒转花甲成甲花。”

他访灵渠，则壮思急飞：“振我腾飞十亿翅，马嘶万里踏波来。”

他访刘公岛，则壮怀激烈：“海涌英雄血，山铸民族魂！”

他访桂山岛，则激情澎湃：“情蘸南海如泼墨，写我百年两腾飞！”

他访屈原祠，则又怆然出涕：“《招魂》当应归乡赋，寻迹到此热泪和。”

他访崂山，则又思及黄山：“黄山尽美恐非真，山川各异似才人。崂山逊君云如海，君无崂山海上云。”此诗实在意味无穷，对于文坛存在的捧杀与骂杀的文风，可谓是一杯清凉之剂，也是要求自己防止片面性的自酌自饮之剂。

他访柳青墓，又是一副革命乐观主义与革命浪漫主义者的情怀：“床前墓前恍若梦，家斌泪眼指影踪。父老心中根千尺，春风到处说柳青。”

短短二十八字，却把战友的情谊，对作品对人品的评价，虚实相助，熔铸一炉。“春风到处说柳青”，实在是一句绝唱，使我想起李白的名篇：“天下伤心处，劳劳送客亭。春风知别苦，不遣柳条青”。两者之间，一个写生离，一个说死别，时代不同，却别有一番天地，同样感人至深，这也就是贺敬之主张的参差美吧？这种美不仅在于形式，也在于内容。这种参差，来自时代的参差。菊花与牡丹，是花中的参差；新诗与旧诗，是诗中的参差。贺敬之的新诗，有新诗的参差；短诗，有短诗的参差；或寓参差于整齐之中，或寓整齐于参差之内；参差，是诗歌发展的一条规律。

五

在《贺敬之诗书集》里，有数首长韵抒情诗，这更是他深思熟虑的述怀之作。如《志贺岛感怀》《游七星岩、月牙楼述怀》《游石林》《游小三峡》《访平武》等，这是他短诗中的长诗，这是长与短的参差。

如果说，他的新诗，特别是新诗中的长诗，具有大开大合、大张大弛、“为我一挥手，如听万壑松”的气势，那么这一部古体短歌，短歌中的长歌，则是这种气势的继续，是他在百历千劫以后发出的“烈士击玉壶，余响入霜钟”的阵阵回鸣。

看！《游石林》一诗，一挥一十六韵：

> 览史忆战阵，访滇游石林。挥杖指万象，走马阅千军：向天皆自立，拔地深连根。入林识战友，叩石听友心。问石立何位？问林何成因？结群基一我，众我成大群。主、客二体合，个、群互为存。天运此正轨，人运亦同轮。峥嵘井冈路，风雨天安门。正、反思得失，“人”字论纷纭。忽见“救世”者，大言指迷津。西寺讨旧签，何诩“启蒙”新？废己固遭祸，唯私必沉沦。中华再崛起，大我振国魂。拨乱非易帜，石林响正音。感此热血沸，挽石入人林！

壮哉此曲！贺敬之叩石为钟，又一次敲响“人”字的警钟、霜钟！人与石的反复叩问，移情移位而又复情复位的声声加重，使我仿佛听到待征而发的鸣镝之声。但他不是正式抒写出征，而是用诗为我们举行一次石林阅兵式，歌唱“向天自立”、自强不息的民族精神，呼唤正确认识历史教训，辨明前进方向，增强民族的凝聚力、向心力。

这一篇形式与内容统一的至臻之作，也是一首革命现实主义与革命浪漫主义的精品，可以说是《雷锋之歌》万壑松风的余响，余响入霜钟。雷锋，一身而化千亿；石林，千亿而铸造一身——诗人渴望一个中华大我，众志成城，独立于世界先进民族之林。诗人借用自然现象，从石林悟出社会哲理，劝说那些“废己”或“唯私”的迷悟者，不要听信所谓“救世”者的说教。世界是“个、群互为存”的，并非“我为中心，他人即坟墓”；社会是“主、客二体合”的，并非“梦为中心，现实即坟墓”。

这篇《游石林》写于一九八九年三月，世界性的大风雨尚未到来，可是诗人已发出大风警告：“拨乱非易帜，石林响正音。”过了整整五年，再看这两句诗，不是“别有一番滋味在心头”吗？

从《雷锋之歌》到《游石林》，使我看到，贺敬之始终情系中华，魂系革命，心系人民。但是，诗的表现形式，却有很大的变化。

给我突出的印象：他的诗，由盛唐时代的李白之“白”，而入晚唐时代的商隐之“隐”，当然，“白”与“隐”并非截然分开，而是辩证统一的：“白”中有“隐”，“隐”中有“白”，只不过他的诗前期多偏于“白”而后期则多偏于“隐”。但“白”而不浅，“隐”而不晦。

六

这里要突出谈一谈他的《富春江散歌》和《川北行》两组诗。

《富春江散歌》写于一九九二年。他在写出名篇《桂林山水歌》时，年方三十四岁，到了富春江畔，他的年龄整整翻了一番，而且重疾在身。大时代的隐痛、隐患、隐忧，酿成他身事、国事、天下事的满目风云。

先看他散歌中的第三首：

平生总为山河醉，非酒醉我万千回。三江澄碧今痛饮，不借韩囊岳家杯。

如果说《桂林山水歌》是年轻战士对河山纯美的恋歌，三十四年，经过“万千回”的苦恋，他对河山的恋歌，已经“凄凄不似向前声”，这里掺进复杂而深刻的社会性与历史性，掺进千古忧患，让人温故而知新。他不借岳家杯，却杯在其中，自浇块垒；不借韩囊，却囊括其内，寄慨遥深。诗人崇尚的民族英雄岳飞和韩世忠，一刚一柔，表现形式不同，但对于河山的酷爱和献身是一致的。前人有诗云：“奸臣三字狱，泪洒十年功。骑驴桥上者，抱恨苦无穷。”

散歌二十六首，首首似七言绝句，但又不求严格。散歌者，散见于富春江流域的一山一水一草一木一灵一洞一楼一阁也，读过之后，每首之间并非互不相关，而是孔孔窍窍气韵相通、声韵相鸣、神韵相盟，贯穿始终，恰如苏东坡笔下的石钟山：“与风水相吞吐，有窾坎镗鞳之声。”窾坎者，不平也；镗鞳者，战鼓也。这便是居安思危与不平之鸣相结合的声音。

这种深入河山的隐情，来自历史的曲折。诗人数十年对河山、对祖国、对人民、对未来的热爱，经过反复烧炼，反复回炉，又反复融化与凝固，终于形成对事业对信仰的铁石一般的心肠，于是发出窾坎镗鞳之声：“云天今古共此情，山结桐庐江沉钟。桐君隐名留药在，悠悠我心荡钟声。”——这一首表现得更加沉隐。

桐君是一位古代药物学家，隐居富春江畔东山之上。他的宅旁有一口古钟，相传在明朝嘉靖年间，倭寇入侵，偷运此钟，刚刚装船，钟忽然轰鸣起来，寇贼吓呆，古钟自动沉入江底。诗人借用这个浪漫主义传奇，表明自己誓与民族共命运的贞心，愿为国家鼓与呼的忠心。物尚如此，人当如何？发人深省的是，散歌中所见、所感、所思、所用的典实，都是与大好河山同命运共存亡的烈士、志士、义士、名士、隐士联系在一起的。从远古的桐君到战国时代的范蠡、伍子胥，到东汉的严子陵，到范仲淹、岳飞、韩世忠、文天祥、谢翱、李白、杜牧、鲁迅、郁达夫、郁曼陀……这些光辉的名字，都和小小的富春江有缘，他们各自都在这里留下热爱河山，献身河山的可歌可泣的故事，这是天地人的浑然合一。这一切，都与诗人的灵窍息息相通。因此，散歌迥异于诸家所为，它不是一己之怒、一己之爱、一己之愁，而是："无恙江山系众我，昂首春江第一楼。"正是灿烂如星群的"众我"，如一面坚不可摧的铜墙铁壁，支持着诗人对祖国前途的坚定信心。在这种信心鼓舞下，甚至连自己的沉疴也消除了一半："长啸畅笑消病颜，云月八千有此缘：三江两湖梦之国，千岛万峰情之巅。"祖国的大好河山、千岛万峰，是他爱的丰碑与生存的倚仗。

从写《桂林山水歌》时的"江山多娇人多情"起至今，数十年风云变幻，中国社会主义事业，走了一个"之"字形，诗人贺敬之恰也来到"之"字得名的钱塘江，真是无巧不成书。面对着艰难曲折的历程，诗人采取什么态度呢？请看："名之行之思之江，绝信折水富春光。昆明池畔喜解缆，桐君助我溯钱塘。"——面向深隐的曲折而绝信曲折中更富有春光，这是一种非常豪迈的气魄，表明他要像钱塘江一样，行不更名，坐不改姓，道路是曲折的，信仰是笔直的，他一定要坚定不移地走下去，"虽九死其犹未悔"，真是"烈士暮年，壮心不已"。

烈士暮年，不以风月为雅，不以花粉为媒。望月，而思征途之遥，观花，而感花溅之泪；临水，而怀贫瘠之忧，登楼，而生家国之思。思之，行之，言之，无不联系自己坚定的信仰，无不联系自己毕生的追求——科学社会主义。

烈士墓年，不以安适为本，不以苟活为安，不以私怨为垒，不以冷暖为念，而把目光转向时代的大气候，转向整个民族的忧乐，转向历史的风云。诗人来到乌龙山，这是当年宋江投降皇帝后，奉命征讨方腊，彼此激战的地方。"散歌"写道：

对我遥指云飞处，
乌龙战垒影可睹。
方腊碧血腾碧浪，
梁山易帜后何如？

诗人对坚定的农民起义领袖寄予深切的爱。“碧血腾碧浪”，这是何等悲壮、何等惨烈的场面！对于投降朝廷的宋江，诗人没有落脚到责备个人的浅层次上，而是深远的发问：“梁山易帜后何如?”作者并未回答，而是让读者、听者共同思考共同回答。宋江征讨方腊，最终同归于尽，其下场连猪狗都不如，多么让人怵目惊心。

“散歌”从这里直到最后，共四段，是全诗的高潮。从旋律和音阶上，也是“却坐促弦弦转急”，真是长歌当哭：

> 问何如？观何如？泪如注，心如烛。我思河山旧图画，我念山河新画图。

一个“注”字，一个“烛”字，极尽作者对事业忧心如焚的情绪；一个“旧”字，一个“新”字，一次心律的回环，不只是语言的量的加重，而是观念的质的飞腾。诗人在这里，不仅由“自我”腾入“众我”之境，更由“众我”腾入与祖国河山融力一体的大化之境。这不是佛家的坐化，而是凤凰的火化，是革命浪漫主义的腾飞：“严公请作任公钓，谢翱泪洗日星出!”

“散歌”到最后，诗人以高昂的斗志和科学的信念，唱出心灵的强音：

> 壮哉此行偕入海，
> 钱江怒涛抒我怀。
> 一滴敢报江海信，
> 百折再看高潮来。

二十六首散歌，通过富春江的折光，反映了时代精神，以江潮海浪书写社会主义事业的春秋，借山情水意书写诗人与祖国同命运共存亡的壮烈情怀。他由江流“之”字之曲，而信江流入海的前程之阔，他以心灵的一点之微，敢报社会主义事业兴旺发达的大势所趋。

七

《川北行》由十三首诗组成。五十三年前，少年贺敬之就是从这里北上延安。此次到来，不止旧地重游，更是征途重温，是对自己革命生涯的总复习，是对过去、现实、未来的总体思考。是《散歌》的继续，由"之"字之江，而登剑阁蜀道。

当年，李太白由这里入长安，归来时已经："中天摧兮力不济……仲尼亡兮谁为出涕?"贺敬之北上延安，归来又如何呢?

"广元新颜惊不识"。之后，出现这样的画面：

南江新岸楼外楼，
红颜红心慰白头。
共话文明双飞翼，
喜望利州亦义州。

初读，是一首广元新貌的颂歌；再读，觉得其中楼外有楼、州外有州、义外有义；细读，我发现定稿与初稿有一字之改，作者将"喜见"改为"喜望"，也就是"文明双飞"，还有待实现，还在盼望之中。不论诗人表现得多么含蓄，多么隐，还是看出，这首诗借用了南宋爱国诗人林升的一首名诗的原韵："山外青山楼外楼，西湖歌舞几时休。暖风熏得游人醉，直把杭州作汴州。"

广元古称利州，诗人巧妙地利用了这个名称，又加了一个义字，这一字之点，如画龙点睛，点亮了两只眼睛，既不要见利忘义，也不要重义轻利，只有亦利亦义，才可以双目齐明，使精神文明与物质文明比翼双飞！如果唯利是图，就会昏败，就会死到临头还不知不觉："直把杭州作汴州"。

历史上，多少帝王由"忘义"走向腐败，走向双目失明。走向败亡，蜀道之上，就有三个皇帝：负力、阿斗、唐明皇。昏庸的阿斗本来不明，终于出现从天而降的惨剧："邓艾别道裹毡下，战将背后降表来!"（《重登剑门关忆昔》）本来英明的唐明皇晚岁失明，终于出现千古长恨的悲剧："三郎逃经琅珰驿，犹听'琅珰'想山呼。"（《琅珰驿戏作》）。

诗人在《参观剑阁县毛巾被单厂》时，写了一首充满机趣的诗："剑阁云枕展新梦，蜀道雪巾拭目明。遥指明皇错'经纬'，机声今笑《雨霖铃》。"毛巾被单厂恰巧是一位女厂长，全国劳模，这使我仿佛又一次听到《木兰辞》的"唧唧复唧唧"之声，只有人民这一部英雄织布机，才不错"经纬"，才永不失明，诗人因此更加心明眼亮。

他居安："锦屋夜梦数草履，史途多险岂无思?"他见喜，则："万户开笑颜，百端结愁肠。"他回顾，则："红军碑林红军渡，巴山泪雨诉情思。"他瞻望，则："君心牵四海，腾飞警迷航。"

五十三年后，重新走在剑阁蜀道上，或史廊与画廊追溯千年，或履险与履夷高蹈千尺，由于新喜与新忧交织在一起，他的心情也变得复杂起来。当他走在三百余里的古栈道上，面对西蜀大将张飞手植的千坡万壑的苍松翠柏，本来应当再来一次"为我一挥手……"可叹他的笔，无法挥动重压千年的历史沉疴，可叹那些"撑天远望帅大树"被离离山上苗所掩盖，被昏庸的阿斗所掩盖，正像左太冲《咏史》中所写："郁郁涧底松，离离山上苗。以彼径寸茎，阴此百尺条!"诗人重来此地，怎能不发出"'乐不思蜀'嗟阿斗，'出师未捷'叹诸葛"的深沉感叹!

多少名将，多少栋梁，多少忠诚的战士，挡不住昏主的降旗飘扬。当诗人来到英勇守将关索、鲍三娘战死的地方，简直沉重得透不过气来："谁呼江山继耶断？谁问生子虎耶犬？关索城边多感兴，鲍三娘墓久留连。"（《访昭化古城四》）

呵，诗人！你或感或兴或嗟或叹或忧或怨，怎能不"向天有问"（《访李白故里》）：何时驱散障目压心的乱云迷雾？终于石破天惊！又是从人民这一部织布机上找到了答案：

史家竟论蜀起止，
老农喜说红区年。
南退见降一庸主，

北上推倒三座山！

历史正是如此：宋主南退，终于败亡；唐主南退，终于衰亡；蜀主南退，终于见降；国民政府南退，后果又如何呢？只有中国共产党，以排山倒海之势，北上抗战，才使中华民族找到了解放之路，才使少年流亡的贺敬之找到了革命之路。

谈到贺敬之的诗风，从一九七九年访日的“一曲《北风吹》”——不，应该说，从一九四五年延安的一曲《北风吹》，从此，烈风无时可休，吹到《桂林山水歌》，便是“黄河的浪涛塞外的风，此来关山千万重”；吹到《雷锋之歌》，便是“我看着你，我想着你呵……我胸中的层楼，有八面来风”；吹到柳青墓，便是“到处春风说柳青”；吹到《南国春早》，又是“北客望春色，浩歌忆风沙”；吹到川北，又是“北上推倒三座山”的革命雄风！

他的诗数十年风向不变，到底是屈原、李白遗风？马雅可夫斯基遗风？还是毛泽东的“国际悲歌歌一曲，狂飙为我从天落”的遗风？事实上，这些前人的遗风，都在他的心中包括，形成他革命的现实的民族的大众化诗风。

面对着“风云三世界，悲欢两红墙”（《访平武》）的世界大气候，多少过来人，已经“乱红如雨，不记来时路”（秦观词）。贺敬之却不然，他虽历尽磨难，依然不改初衷：

三生石上笑挺身，
又逢生日说转轮。
百世千劫仍是我：
赤心赤旗赤县民。

一九九四年三月二十日至四月十日写于呼和浩特原载《诗刊》

贺敬之新古体诗简论

丁正梁

贺敬之是我国现当代著名的文学家。由他主要执笔的新歌剧《白毛女》，新诗《回延安》《放声歌唱》《桂林山水歌》《雷锋之歌》是众多文学爱好者所熟知的。1976 年进入新时期后，贺敬之长期担任文化宣传部门领导职务，工作需要他写了大量文艺理论著作，极少再写新诗。不过他采纳了另一种诗歌样式——新古体——创作了大量诗歌，是值得诗歌爱好者一读的。

一

何谓新古体诗？其诗体意义是什么？这是首先要明确的。

在《贺敬之诗书集·序言》里贺敬之曾作说明，他说他“用的这种或长或短、或五言或七言的近于古体歌行的体式，而不是近体的律句或绝句。这样，自然无须严格遵守近体诗关于字、句、韵、对仗，特别是平仄声律的某些规定”，“不同于近体诗的严律而属于宽律罢了”。①“或五言或七言”是指句式整齐的古体体式。在古体诗中还有杂言一类，字数多少不等，在参差不齐句式中体现诗的旋律之美，李白就是写这类杂言古风的高手。收在《贺敬之诗书集》里的完全是句式整齐的五言、七言古体体式。《贺敬之诗书二集》则有了杂言古体，还改造了本属于格律诗的词曲体式，取其“特殊的语感、节奏、气氛和情势”，不受严格格律限制，这就成为一种新型

① 《贺敬之文集》第 2 卷，作家出版社 2005 年 1 月版，第 2 页。

的杂言古体了。贺敬之把运用这两类体式创作的诗歌统称为新古体是完全可以的，不必有什么异议。

之所以在古体前冠以“新”字，是因为古人运用古体写诗“几乎完全是古代散文的语法”①，“诗人们只是像作散文一样，字的平仄听其自然”②；而贺敬之是采用古体作基本体式，既用古体散文语法造句，也用现代散文语法。贺敬之本是写新诗的高手，在创作新诗时外国诗歌的形式，陕北信天游民歌，古典格律诗的一些手法他都借鉴过，现在采用古体不能不把这些因素带入诗中。总之，贺敬之是在试图创造一种以要求宽松古体体式为主而又能够容纳古今中外诗歌之长的诗歌样式，这是适应现代生活节奏极富弹性的诗体，这也是新古体诗不同于旧古体诗之处。

贺敬之为什么采用这种诗歌体式创作呢？这应当从五四以来诗歌发展谈起。

在五四精神鼓舞下，郭沫若学习美国诗人惠特曼自由体形式写出《女神》这个集子大部分，开创了自由体新诗占统治地位的时代。新诗取得的成绩当然不能低估，但是新诗太散太自由不成形难以让人记住，严重脱离汉语传统致使它脱离了广大群众，甚至出现了写诗的人比读诗的人还要多的讥评。

自由体新诗还受到了旧诗的严重挑战。毛泽东的诗词创作惊动中外诗坛，让人们对旧诗刮目相看。人们认识到五四以来对旧诗持否定态度是不对的。旧诗充分运用汉语的特点，扎根在民族传统之中，确实有新诗所不具备的优点，以至于新诗大作家郭沫若、臧克家晚年也写起了旧诗。现在写旧诗的人越来越多，甚至超过写新诗的人数。但是旧诗格律掌握之难在现代文化环境中尤其突出，一个青年能够熟练运用格律并能写出好诗来，恐怕需要十几年的光景，到那时恐怕已经失去写诗需要有激情的岁月。所以毛泽东说：“诗当然应以新诗为主体，旧诗可以写一些，但是不宜在青年中提倡，因

---

①② 王力：《汉语诗律学》，上海教育出版社 1979 年 11 月第 2 版，第 495、380 页。

为这种题材束缚思想，又不易学。”① 说这话不久他又说：“我反正不看新诗，除非给100块大洋。”② 虽发自幽默，却看出毛泽东已感到选择中国诗歌发展道路的艰难。

毛泽东对中国诗歌的发展曾提出“新诗要在民歌和古典诗歌的基础上发展，应当追求：‘精炼、大体整齐、押韵’”。那么具体说来这条道路应该如何走呢？

从古典诗歌中古体诗系统出发写新古体应该是一条宽广之路，因为它尊重汉语的特点，又避免严守格律的束缚，给人以相当的自由，又有容易遵守的限制，不至于因追求自由流于散漫。

事实上这种诗体已有人写得极为成功，请读下面几首诗：

砍头不要紧，只要主义真。杀了夏明翰，还有后来人。

——夏明翰《就义诗》

大雪压青松，青松挺且直。要知松高洁，待到雪化时。

——陈毅《冬夜杂咏·青松》

欲悲闹鬼叫，我哭豺狼笑。洒泪祭雄杰，扬眉剑出鞘。

——《天安门诗抄》

这三首流布甚广的诗并不属于近体诗的绝句，而是属于古体诗的绝句，它们无疑是天地间第一等好诗。陈毅是有名的元帅诗人，翻一下他的诗词集，集中五言、七言者，按近体要求不符，按古体要求恰如其分。陈毅也是较早主张写古体诗的。1962年春节诗刊社举行座谈会，朱德、陈毅应邀参加，陈毅在会上发言说：“我写诗，就想在中国的旧体诗和新体诗中取其所长，弃其所短，使自己写的诗能有些进步。”“五四以来的新文学革命运动，提倡诗文口语化，要写白话文，作白话诗，这条路是正确的。但是不是还有一条路？即：不按照近体诗五律七律，而写五古七古，四言五言六句，又参

---

① 《毛泽东书信选集》，人民出版社1983年12月第1版，第520页。

② 转引自陈晋《毛泽东与文艺传统》，中央文献出版社1992年3月第1版，第322页。

照民歌来写，完全用口语，但又加韵脚，写这样的自由诗、白话诗，跟民歌差不多，也有些不同，这条路是否走得通？”① 陈毅的发言几乎是给新古体诗的内涵作出了全面规定。他按这个主张写了不少诗，似乎没有得到毛泽东的注意。1965 年他将自己的《六国之行》这组七首五言诗送给毛泽东斧正，毛泽东只见每首八句含有一些入律句子，遂按近体诗的要求给修改起来，并致陈毅一信，信中说：

“你叫我改诗，我不能改。因我对五言律，从来没有学习过，也没有发表过一首五言律。你的大作，大气磅礴。只是在字面上（形式上）感觉于律诗稍有未合。因律诗要讲平仄，不讲平仄，即非律诗。我看你于此道，同我一样，还未入门。”②

于是陈毅在毛泽东及很多人心目中留下了对于律诗还未入门的印象。这实在是个误解。据陈毅留法同学回忆，陈毅早年就对黄庭坚、黄仲则下过功夫，他的旧诗写得更叫知音佩服，他还建议别人读谢无量的《诗学入门》③。说陈毅不懂律诗讲究平仄是说不过去的。我认为毛泽东是把陈毅的五古当作五律去要求了，他只改了一首，“还很不满意，其余不能改了”。将七首五古改成五律，是大伤脑筋的，毛泽东只能如此了，后来也不知陈毅作何反应。

陈毅写五古七古的主张，贺敬之应当是注意了的。今见贺敬之写的最早新古体诗，恰好是 1962 年诗歌座谈会后一个月，即广州歌剧话剧儿童剧座谈会后所写《南国春早》二首。这两首诗与 1979 年所写《访日杂咏·访大阪》一样极得陈毅诗神韵。

可以这样说在现代诗史上，写新古体诗是陈毅开其端，贺敬之继其后，他们是在郭沫若、毛泽东外走诗歌创作的第三条道路。

---

① 《诗座谈记盛》，见《诗刊》1962 年第 3 期。

② 《毛泽东书信选集》，人民出版社 1983 年 12 月第 1 版，第 607 页。

③ 秋丰：《我所知道的陈毅求学时代》，1949 年 5 月 30 日至 6 月 4 日《大公报》（上海）。

二

其实运用何种诗体并不是最重要，最重要的是写出无愧于时代的诗情。“诗人比任何人都应该是自己时代的产儿”①，我们仍然相信别林斯基这个鉴定诗人的标准。

贺敬之在建国后曾用新诗歌颂了毛泽东时代，现在则是用新古体诗全面反映了新时期以来走中国特色社会主义道路的合理性、艰巨性。这的确是社会主义在曲折道路上前进的时代。20 世纪 90 年代初，国际共产主义运动遭受挫折，苏联解体，大多数社会主义国家纷纷易帜；国内树欲静而风不止，资产阶级自由化势力掀起一阵阵恶浪。贺敬之这个来自延安的革命者，当中国从 1978 年党的十一届三中全会开始战略转移，当邓小平宣布“我们把改革当作一种革命”② 时，他处在文化宣传领导地位上，比一般诗人更敏感地感受到时代的脉搏。在改革开放的二十年中，贺敬之处在斗争激烈的文化界。他顶住来自上下左右的压力，无论是居庙堂之高，还是处江湖之远，都是坚持社会主义文艺方向，成为新时期党内优秀文艺领导者之一和文艺理论家。贺敬之诗歌创作由新诗转入新古体，写出了这一阶段他的情感世界，也成为这一历史时期的忠实记录，还是用别林斯基的话来说：“他的诗在我们社会历史发展的锁链中，是一个崭新的环节。”③

贺敬之这一阶段诗歌创作思想也发生了巨大变化。1979 年贺敬之在为自己一本诗选写的序言中，对自己过去人生经历与写诗教训作过严肃反思后彻底解决了一个极其重要的创作思想，使他进一步认识到“歌颂光明和暴露黑暗，从来是一个问题不可或缺的两个方面。这不仅在无产阶级当权以前是这样，在以后也仍然是这样。我们理应大大地歌颂光明，但同时也必须勇敢地、准确地暴露和批判

① 《别林斯基论文学》，新文艺出版社 1958 年 7 月第 1 版，第 219 页。

② 《邓小平文选》第 3 卷，人民出版社，第 81 页。

③ 《别林斯基论文学》，新文艺出版社 1958 年 7 月第 1 版，第 22 页。

那些落后和黑暗的事物”①。歌颂光明与暴露黑暗并重，这是与写《放歌集》时创作指导思想最大的不同。

贺敬之在这阶段新古体诗里热情歌颂了党领导的改革开放事业。1979年他率领中国京剧团百人赴日本访问，来到周恩来诗碑下放歌“再诵‘蹈海’句，四化千帆发”。来到烟台看到整个山东像“神驼待飞饮碧海，向天大道此日开”。登上珠江口桂山岛，小岛今昔巨变引发他对改革开放事业产生的豪情，他高唱“情蘸南海如泼墨，写我百年两腾飞”。把新时期以来建设中国特色社会主义事业与毛泽东领导的创建新中国事业相提并论，认为这是一百年来中华民族两次腾飞，有同样重要意义。

翻开他的新古体诗集目录，诸如“××行”“××吟”组诗标题触目即是。工作需要贺敬之到过祖国很多地方，他像一个行吟诗人走在山水之间。他为祖国的山河描绘出一幅幅壮丽的图卷，山光水色也摄下了诗人的踪影。山水激发诗人豪情，诗人也为山水增色，山水因诗人题咏增添了文化内涵。在这些诗篇里诗人表现出他对祖国河山的热爱，也表现出他对这块土地前途的严重关切。《富春江散歌》组诗26首是其代表作，写于1992年5月。当时诗人重病后出院赴杭州疗养而有富春江之游。在这组诗中固然不乏“千里秀美复壮美”的描绘，然而字里行间流露出的是时事给诗人带来的忧虑，极少流连山水的欢乐。第三首为全组诗确立了基调：

> 平生总为山河醉，非酒醉我万千回。
> 三江澄碧今痛饮，不借韩囊岳家杯。

这是以否定的方式点出自己的爱国情怀，其意是我的爱国之情不像岳飞、韩世忠借饮酒表现，而是借歌咏祖国山河去体现。诗中点出范仲淹的忧乐正是他内心世界的展示，合影时有人诵鲁迅“横眉冷对千夫指”诗句竟引发出他对资产阶级自由化势力绝不屈服的愤慨。他每到一个景点总能引出他对现实的关怀。诗思在历史—现实—未

---

① 《贺敬之文集》第3卷，作家出版社2005年1月版，第229页。

来中驰骋。他一边观赏山水，一边对古今正反人物给予评说，把山水诗写成了政治山水抒情诗。当时是，苏联刚解体不久，国内外敌对势力正甚嚣尘上。作为革命者的贺敬之没有多少游山玩水的闲情逸致，更多的是对国家前途、国际共产主义命运的关注。他的心头似乎被一块铅压着，一想到世界政治地图的变化竟然出现“泪如注，心如烛”的句子，简直是长歌当哭了！

可贵的是在组诗最后，诗人对未来仍表现出坚定的信念：

壮哉此行偕入海，钱江怒涛抒我怀。
一滴敢报江海信，百折再看高潮来。

诗人毕竟是共产主义者，他的忧患不同于封建社会进步的士大夫。他的这些写在中国大地上的诗是以中国革命作为凝聚点的，江山关切情怀的指向是未来的共产主义。他在《长白山天池短歌》中就写道：

半生常吟未深醉，纵有千喜与万悲。
为筹环球大同宴，来倾天池试醉归。

把贺敬之的新古体诗每年创作数量作一统计，会发现1986年、1992年是两个高峰，两次高峰形成与国内外政治斗争形势密切相关。中国与世界的命运牵动着他的情怀，引出诗思，“愤怒出诗人”的命题又一次得到验证。1988年10月，诗人有回故乡山东枣庄之行；他已于去年12月被免去中共中央宣传部副部长职务。一些宣传舆论阵地被资产阶级自由化势力把持着，狂热地鼓吹全盘西化的政治宣传片《河殇》正在上演；贺敬之写了《四园诗》这组诗，充满着对故园真挚的爱情，诗人对中国革命史、中国文化充分肯定，对一些崇洋媚外的论调嗤之以鼻。一系列事实证明了贺敬之的政治立场坚定正确，真理正义在他一边。

至此我们可以说，写《白毛女》时的贺敬之热情地迎接这场发生在中国土地上的革命，写出革命的必然性，在《放歌集》中他歌颂这场革命的崇高，新时期的贺敬之以马克思主义者的批判眼光审视着这场革命伟大而又艰巨，坚定地实践着他的创作理念。

还要看到诗人大部分新古体诗创作是在进入老年以后，这也决定了它们与诗人成名新诗不同。钱锺书有一句名言：“一生之中，少年才气发扬，遂为唐体，晚节思虑深沉，乃染宋调。”① 说是名言是因为他揭示出自古以来诗人创作的一个规律，贺敬之也受这个规律的制约。较之于《放歌集》及以前新诗，新古体诗充满了理性色彩。本来贺敬之是一个擅长抒情的诗人，然而进入老年后，爱在诗中发起议论来。如在《游石林》一诗中他借景说理大谈人生观，阐述对个人与集体关系的正确看法，“结群基一我，众我成大群。主、客二体合，个、群互为存。”接着又批判起种种唯私论来。

他的一些说理诗写得十分精彩，充满着理趣，如：

> 黄山尽美恐非真，山川各异似才人。崂山逊君云如海，君无崂山海上云。
>
> ——《游崂山》
>
> 此境天生抑人生？相遇竟在不遇中。月观峰上观落日，日观峰下逢月升。
>
> ——《登泰山南天门即景》

《游崂山》应是观山水忽悟与文艺理论批评道理相通，遂产生一段如何评价任何事物的真理性的议论。诗人登泰山一口气写了6首诗，5首皆蕴藏可以言说的道理，唯这一首让人不易说明道出，又让人觉得诗味盎然，似乎流露出一种“禅意”来。在全部新古体诗中，显示出哲人睿智处甚多，充满着辩证法的光辉。这些诗与宋代一些以理趣见长的诗放在一起，一点也不逊色。

进入新时期后贺敬之被选为中共十二大、十三大中央委员，两次任中宣部副部长兼任文化部代部长。这位十六岁就投身革命的“小八路”至今已有六十五年的革命生涯。进入老年的贺敬之成为党

---

① 钱锺书：《谈艺录》，中华书局1984年9月第1版，第4页。

在文艺战线上的优秀领导，是一位久经风雨考验的革命家。他具备一般诗人所没有的高层政治体验，有一种“仰观宇宙之大，俯察品类之盛”的胸襟与气概。他在泰山顶上写的“难阻日观峰上去，纵目万里海浪中”，是他老年这段人生经历的形象写照。他站在人生的日观峰上，有一种与天地万物合一的精神气魄，这些精神气魄则化为一首首新古体诗。

这些新古体诗题材极其广泛，咏怀、咏物、咏史，或写景、叙事、抒情，或说理论政评述时事。有顺利时的喜悦，也有遭受恶势力排挤产生的悲愤，总之一个人应当具备的喜怒哀乐都得到全面展示。

贺敬之要求“作为诗人，不是我们自己有多么了不起，而是我们用语言用声音多少写出了一个民族的振兴，多少从某一个方面写出了世界革命的历史进程”。① 贺敬之是带着巨大历史的责任感写诗的，他的感情总是与革命事业连在一起。集中有唯一一篇算是爱情诗的《洞房留影》，写他与夫人柯岩的婚姻经历，也是与时代“风雨声”相连，做了三十六载的夫妻与追求马克思主义真理同步！

完全可以说贺敬之的新古体诗是中国四分之一世纪的史诗。

三

贺敬之的新古体诗对诗歌艺术的贡献应表现在两个方面：一诗体，二诗法。

先谈诗体。

中国古典诗歌发展到唐代体制大备。明代高棅《唐诗品汇》、清代沈德潜《唐诗别裁》两个重要选本将唐诗划分七大类：五言古诗、七言古诗、五言律诗、七言律诗、五言长律、五言绝句、七言绝句。这种分类法已为明清以来一般学者所接受。前人分类根据是诗人常用诗体，不常用诗体如七言长律写的少也无佳作也就略而不论。然而五言古绝王维、李白、柳宗元等均有佳作，一概归到五言绝句内，

---

① 《贺敬之文集》第 4 卷，作家出版社 2005 年 1 月版，第 519 页。

失去独立诗体意义。

对贺敬之的新古体诗也作一下分类，统计结果是：四言古诗 2 首、五言古诗 19 首、七言古诗 17 首、错综杂言 1 首、五言古绝 101 首、七言古绝 215 首，还有所谓自度曲 5 首，共计 316 首。最值得注意是两类古绝共 316 首，占 87.5%。

贺敬之大量使用古绝创作具有诗体建设意义。20 世纪 50 年代末，学术界曾有一场关于诗歌形式的讨论，结果不了了之。其实诗歌形式的确立从来不是理论所能解决的，是创作实践才能回答的问题。贺敬之大量运用古绝写诗取得了成功，为解决中国诗歌形式交出了一份答卷。他的五言、七言两类古绝均有特色，下边试作比较说明。

五言接近自然语气，适于从容不迫叙事、描写与议论，故诗人遇重大题材，有重要理念习惯以五言古绝表现，如《登延安清凉山》《咏老龙头》《百年纪念》等。七言比五言多二字，易表现婉转曲折之情，其中《长白山天池短歌》《富春江散歌》为其典范代表。贺敬之擅长抒情，所以七言多于五言竟一倍多。

诗人有时对同一题材各有五言、七言诗作，最易看出二者不同特色。如登泰山得诗 6 首，其中五言 1 首，七言 7 首。其五言《登岱顶赞泰山》云：

几番沉海底，万古立不移。
岱宗自挥毫，顶天写真诗。

完全是围绕泰山特点礼赞，侧重客观，诗人个性隐藏其后。七言则是另一番气象，极力表现诗人的体验、感悟乃至于人格追求，如《日观峰上》：

望岳偏遇望人松，观日却上日观峰。
青松红日对我望，齐报骨坚心透明。

全篇不离诗人自我，完全是自我人格显示。

概括言之，贺敬之运用五言古绝侧重于再现客观对象事理，七言侧重于表现主观情趣；五言以意长取胜，贵质朴厚重，七言以情深取胜，以委婉曲折为美。贺敬之两类古绝写作积累了丰富经验，值得作诗者学习。

再说诗法。

为了较易地凝聚诗情，贺敬之创造性地使用了比兴手法。他每到一地常根据地名特点或地理特点生发诗意，如《题长春京剧团》：

满园花似锦，艺苑多新人。
长春有京剧，京剧能长春。

前两句是根据鲜花似锦与艺苑新人辈出的比喻关系造出的句子，是常言说常理，后两句则根据“长春”所蕴涵的意义与作者对京剧发展的希望，运用反复与顶真修辞格造出一个佳句。再回头看前两句岂不也包含着“永远是春天”的意义在内么！《访石花洞》则根据洞深愈下景愈佳特点，写出“欲探真美入下层，地心深与人心同”的妙句。当然妙句的获得非心系下层人民疾苦的革命者写不出，关键决定于诗人的思想境界，一个鱼肉百姓的贪官是梦不到这样诗句的。

抓住人名字特点引发诗情也是诗人爱用的手法。人的名字只是一个符号，取什么名无关大局，但是取什么名字却也寄托着长辈或个人的一种追求。大诗人屈原在《离骚》开头对父亲为自己取的名字大发议论，“正则”“灵均”则确定了全诗的主题：为正义、公平而献身。诗人来到作家柳青墓前，想到他深入群众得到百姓好评，于是得出称得上千古名句：

父老心中根千尺，春风到处说柳青。

伟大的作家有此诗句盖棺论定，柳青一生足矣！

比起贺敬之的新诗，用典也是新古体的显著特点。用典也是比兴手法的一种，不过是将比兴材料由草木鸟兽换成了人而已。用典适当可以把诗写得词约义丰，是将诗写得精练不可缺少的手段。历史上宋代以后很有一些人写诗爱用典故以炫耀学问渊博，为人诟病，这种为用典而用典的做法是不可取的。贺敬之在诗中用典出于两个原因：一是为了批判错误思想倾向，不能不从历史中寻找经验与教训，以古往的精神和智慧作为感今、鉴今的重要资源，作为激发诗情诗思的重要触媒。① 二是新时期兴起的旅游热，前人遗迹成为观赏重点，诗人听到有关介绍后写入诗内也是很自然的。所以说贺敬之写诗用典是为表达革命思想需要，典故获得又大都非翻书本而来，这种用典是有别于古代书斋诗人的。至于加一些注释无非是将导游者的解说词移到字面上，对于大多数不能亲临其境的人，或亲临其境无暇记录的人，这些注释读起来不也是很有兴味的吗？

四

贺敬之的新古体诗部分已公开发表于全国一些报刊，1996 年中国文联出版公司出版的《贺敬之诗书集》收入了 1993 年以前的诗作，2005 年《贺敬之文集》（二）（作家出版社）出版，是我们见到的收录最全的本子。

为了让更多读者读到贺敬之新古体诗重要篇章，我们搞了这个选释本，共选诗 116 首，实占全部三分之一强。为了方便具有中等文化水平的读者，对每首诗略作题解说明，对每首诗或作内容诠释，或作艺术阐释。

诗后注释根据《贺敬之文集》（二），为了便于一般读者阅读，对有些注释略作调整，尽量简明扼要。

（原文为《贺敬之新古体诗选释》序，该书由中央文献出版社 2008 年出版）

---

① 《贺敬之文集》第二卷，作家出版社 2005 年 1 月版，第 553 页。

贺敬之新古体诗论：钱江怒涛抒我怀

高　昌

作为诗人的贺敬之，有《放声歌唱》《雷锋之歌》《桂林山水歌》等诸多新诗名作。而他晚年尤其是在进入20世纪八九十年代以来，他所集中创作的一大批带有古绝色彩的新古体诗，也是极富艺术特色和思想含量的艺术新花。舒芜先生曾经把当代新诗和旧体诗称作两个“诗坛"。其实，在这两个“诗坛”之间，还有一个相互连接融会而又相对独立的第三个“诗坛”，这就是常常被人忽视和歧视的新古体诗创作。这第三个“诗坛”的代表性人物，我认为最重要最突出的就是贺敬之先生。

什么是新古体诗

所谓新古体诗，实际上就是借鉴古典诗歌形式，采用七言、五言诗歌和词曲的基本样式，同时又不拘泥于平仄格律的限制和约束的一种比较宽松自由的诗体。贺敬之在《贺敬之诗书集自序》中说：“这些诗不仅都是节拍（字）整齐，严格押韵（用现代汉语标准语音)，同时还有部分律句、律联。就平仄声律要求来说，绝大多数对句的韵脚都押平声（不避三平)，除首句以外的出句尾字大都是仄声(不避上尾)，因此，至少和古代的古体诗一样，不能说它是无律即无任何格律，只不过不同于近体诗的严律而属于宽律罢了。" 概述之，这种新古体诗有以下几要素：一是来自现实生活撞击心灵的触动。二是为了较快较容易地凝聚诗情，出句成章。三是借鉴旧体诗的长处，但不严守旧体诗的格律。四是节拍整齐，严格押韵。比如贺敬之的《登延安清凉山》："我心久印月，万里千回肠。别后定痂水，一饮更清凉。"这首诗写于上世纪90年代，和其写于1956年的《回延安》相比，有了更加深沉的艺术感觉和艺术感悟。前两句是诗人对延安的怀念，后两句是作者重回延安的感受。诗是由于现实的触动而引发的，而这种类似五绝的形式又简单明快，易于作者马上捕捉灵感，组句成篇。同时，诗人又在格律上突破了五绝的诸般禁忌，比如"久印月"就是近体诗需要规避的所谓"三仄"，"千回肠"是所谓"三平"，"饮"字和"清"字是所谓"失对"。但是，这首诗读来节奏鲜明，节拍整齐，而且出句都是仄声，押韵句都是平声，这一点与五绝的格律要求又是有一定相似处的。

另外，诗人在这种类似绝句的新古体诗的基础上，又加以新的发展，创造了一些杂言古体和改良体的词曲样式，读者仍然可以从中感受到旧体诗词的"特殊的语感、节奏、气氛和情势"，但同时又不受格律束缚，灵魂自由飞翔。以五言和七言绝句为主，间以杂言和类似词曲的形式为辅，构成了贺敬之新古体诗诗体探索的完整阵容。

诗人告诉笔者："我用过信天游体，用过马雅可夫斯基的阶梯式，用过其他民歌体，也用过完全自由诗的形式，都没有在写作之前就预先设定要创造什么诗体。新古体诗也是这样，主要是因为生活的触发，写作时觉得用这种形式可以更好地表达自己的思想感情。"尽管诗人如是说，但实际上他在新古体诗方面还是有着一种比较积极的创作追求，其作品就是这种自觉的创作追求的鲜明例证。

贺敬之新古体诗的思想特色

贺敬之先生的诗歌，有着自己鲜明的思想特色。诗人和笔者谈到他的新古体诗创作的时候，曾经多次提到"忧患"这两个字。可以说，忧患意识像一条红线，串联起一行行珍珠般闪耀着思想光辉的诗篇。说到忧患，并不意味着一律作黛玉葬花状，娇滴滴望月流泪、见花伤情。贺敬之的忧患意识中有着一种特有的自信和豪迈。

比如《富春江散歌》中这首："壮哉此行偕入海，钱江怒涛抒我怀。一滴敢报江海信，百折再看高潮来。”他笔下的“百折”体现了忧患，但他充满信心的是“再看高潮来”。诗人借钱江怒涛抒发自己的襟怀和忧思，同时更坚定地表达的是自己的信念和思辨。实际上，这首诗也可以看成诗人自己创作历程变迁的一个极富历史意味的象征。诗人的中青年时期主要在从事新诗创作，他的新诗大都洋溢着激情，充满着明亮的色调；而作者的新古体诗大部分写于晚年时期，当年的才气飞扬一变而为思虑深沉。相对于早期的惊涛拍岸，这些新古体诗变得更深沉淡定，更汪洋恣肆，更辽阔浩渺了。

这些新古体诗记录着作者的行踪和心灵历程，像是作者的一篇篇感情日记。富春江、长白山、泰山、崂山……诗人笔下山川壮美，但每一程山水都不是孤立的静止的，都染上了鲜明的贺敬之的印记，变成了人化的自然。比如他看泰山，就说：“几番沉海底，万古立不移。岱宗自挥毫，顶天写真诗。”这是泰山吗？是泰山，但分明更是一位顶天立地的诗人的形象写照，气象恢宏，掷地有声。这是诗人的情感体验，也是诗人的人格追求。

再比如他访问长白山天池，就说：“半生常饮未深醉，纵有千喜与万悲。为筹环球大同宴，来倾天池试醉归。”诗中表达的还是诗人自我的感情态度和人生理念，是诗人的现实忧思和未来向往。

出现在他笔下的不是闲情逸致和士大夫情调，而更多是对天下大事的深刻思考，是对国家命运和人民前途的热切关注。他说：“艾青说过：‘人们不喜欢我的歌，因为那是我的歌。’这个‘我’就是‘我们’。我们的作品不仅思想内容要反映人民群众的社会生活和理想愿望，而且也要发扬发展人民群众的文化创造力。”了解了诗人的这些创作理念，也就理解了为什么诗人的新古体诗并非“所谓圆熟简练、静穆幽远之作”，其中却总是闪耀着一种别样的心灵光泽的缘故。

贺敬之新古体诗的艺术特点

贺敬之的新古体诗，有着鲜明的艺术特点。概言之，有以下几点：

形式不拘，灵活自由。诗人创作的新古体诗，虽然都有着浓郁的古典诗歌神韵，吸收了旧体诗的各种营养成分，但是这些新古体诗并非是从一个模具倒印出来的，而是有着杂花生树般摇曳多姿的各种自然生态。题材上有咏怀状物、有借景抒情，有时评政论，有咏史鉴今，形式上有四言、五言、七言古诗，还有曲、词等等，非常丰富。

汲古纳洋，借鉴民歌。诗人作品中既吸纳古典诗词和民歌的各种营养，也有外国诗歌的一些有益的借鉴。博采众长，转益多师，独树一帜，别有风骚。比如《游崂山》："黄山尽美恐非真，山川各异似才人。崂山逊君云如海，君无崂山海上云。"从中可以看出古人"梅须逊雪三分白，雪却输梅一段香"的韵味。而《阳朔风景》："东郎西郎江边望，大姑小姑秋波长。望穿青峰成明月，诗仙卓笔写月光。"这种借东郎山、西郎山、大姑山、小（玉）姑山、明月山、卓笔峰谐音和意象串联成诗的做法，又是民歌中经常可见的妙趣。

节奏明快，韵律优美。诗人虽然不拘泥于古典诗歌的格律，但仍然保留了易诵易唱大致押韵的诗歌原则，读起来朗朗上口，自然流畅。如《游九寨沟》："银峰雪谷会众神，重海叠瀑醉客心。我行步步白发减，彩池一照少年身。"前两句的节奏是"2—2—1—2"，后两句的节奏是"2—2—2—1"，既整齐，又有变化。

理趣盎然，情趣十足。诗人的新古体诗侧重说理的居多，但大都能够做到写出一个理的同时，写出一个灵动的趣字。比如《过镜泊湖》："君心未眠奔地火，曾误君名为静波。心托明镜非冥静，日运月行此中泊。"这里全是议论，但实际上却由地火和明镜的意象，生发出一种独具特色的艺术发现，尤其是"明镜非冥静"的谐音相映生辉，颇富匠心。

典从境出，信手拈来。诗人的新古体诗中用典很多。但这些典故大都不是从书本中翻出来的，而是从即时情境中自然出现的，随手摘取，没有生僻造作的感觉。比如《望石老人礁岩》："观海喜见潮，听松乐闻涛。风雨寻常事，石老解逍遥。"这里的逍遥是指庄子的《逍遥游》。石老人虽然是一个静的形象，解逍遥三字却使其有了飞翔的动感。

富于联想，巧借双关。诗人的新古体诗中一大特色就是富于联想。特别突出的就是借人名地名生发感慨。比如《题长春京剧团》：“长春有京剧，京剧能长春。”借长春的地名表达艺术长春的祝愿，给人印象非常深刻。再比如《访石花洞》：“欲探真美入下层，地心深与人心同。”借地心和人心的“心”字做文章，形成一个非常精彩的警句。

贺敬之新古体诗的美学成就

贺敬之的新古体诗，是伴随着争议成长，也伴随着争议更加广泛地引起读者注意的。作者从 1962 年开始这方面的写作，到 1970 年代后有意识地集中精力地实践自己的艺术理念，创作了大量各类形式的新古体诗。由于篇幅短小，易于捕捉灵感的缘故，从数量上来说，已经是一大批丰稔的收获了。尽管其中有的作品失于粗疏和随意，但再大的争议，再明显的缺点，也无法遮掩其中的思想能量和艺术光芒。客观评价其美学贡献和艺术成就，应该说现在已经是时候了。仔细系统地阅读了迄今能够找到的贺敬之新古体诗的全部作品，我得出个人的读后感或者结语如下：这是当代诗坛一个新的艺术创造和美学探索，是不容忽视和歧视的一个客观的艺术存在，是诗人创作历程中的一个引人瞩目和深思的精神高地。时间愈久，相信其读者面也定会更加与日俱增。

（原载 2013 年 5 月 27 日《中国文化报》，及线装书局《诗人荐诗》）

贺敬之与新古体诗

易　行

贺敬之先生绝对是一位创新型诗人，而且是一位永不停步的创新型诗人。七十多年前他从延安走来，告别延安“发着太阳味”的《生活》和“覆盖着大地向上蒸腾的温热”的《雪花》，从“早晨的大路上”走到北京，更加豪情满怀地《放声歌唱》。像马雅科夫斯基那样的“阶梯式”长诗，像李白《将进酒》那样一泻千里的新“歌行”诗，跳跃、奔放而又不失婉约、隽永，或一韵到底，或几句一换韵，回环、流畅、余味无穷。当然更像他的《桂林山水歌》唱的那样：“云中的神啊，雾中的仙，/神姿仙态桂林的山！//情一样深啊，梦一样美，/如情似梦漓江的水！”他的诗真像桂林的山和漓江的水，突兀挺拔，千姿百态，让石破天惊；澄澈甘洌，如梦似幻，让人叹为观止。以他的成就，完全可以“马放南山，刀枪入库”，坐拥自己构建的新诗之城了。但他在上世纪六十年代，又开始了“新古体诗”的创新尝试，成为当之无愧的新古体诗创作的领跑者和举旗人。他创作的主要成果，就在他的《心船歌集》中，读者打开一看，就会被它吸引、被它感染，. 被它带进诗人高昂、乐观、清爽的和谐境界：

红豆相思子，木棉英雄花。
南国春无限，海角连天涯。

相思心结子，英雄情著花。
北客望春色，浩歌忆风沙。

这是贺敬之写于1962年并未收入《心船歌集》的两首作品，它清新流畅，挥洒自如，读起来与五言律绝一样有味道。到四十年后的2002年，他在寄给诗人贾漫的贺卡上写道："今逢马年更思马，人日怀人总是君。岁寒诗友如相问，春在心头仍十分！"就是说几十年过去了，他的年轻跳动的雄心依然不减，他仍走在诗词创新的征途上。

贺敬之的"新古体诗"，当然是诗词改革创新的一种选择。毛泽东在五六十年代便提出："将来趋势，很可能从民歌中吸收养料和形式，发展成为一套吸引广大读者的新体诗歌。"贺敬之正是在吸收民歌、新诗甚至外国诗歌的养料，在中国古体诗的根基上创作新古体诗的。他的诗，用他自己的话说"至少和古代的古体诗一样，不能说它是'无律'，即无任何格律，只不过是不同于近体诗的严律而属于宽律罢了！"这"宽律"实际上就是自觉地相对自由地遵循汉语言所特有的平仄声韵规律，是一种"自律"。这"自律"其实就是一种解放的"自由"！诗写起来会更容易、更得心应手。所以，它更适合初学者，也就是说它更适合广大的诗词爱好者，更适合普及推广。

贺敬之先生是新古体诗的倡导者和力行者，他在新诗之外，写了大量的新古体诗。但他并未完全抛弃"格律"，而是顺应汉字的特点，灵活运用"格律"，以便较自由地表达情感，反映时代。这才是新古体诗发展的方向！这才是既传承了汉语诗的民族性，又张扬了它的时代性和群众性。舍此，就不是传统汉语诗，而成民歌、"顺口溜"什么的了。所以，格律诗作者可以给自己松一松"绑"，写较为自由的新古体诗；新古体诗作者也可紧一紧身，熟练掌握"严律"后，可以写出更好的新古体诗。总之，万变不离其宗，新古体诗不是格律诗的对立物，而是它的变异体，是它与民歌结合生出来的"混血儿"。如果说传统诗是"美声唱法"，民歌是"民族唱法"，那么，新古体诗则是"通俗唱法"。三种唱法各有所长，可以并行共荣。由于新古体诗的"通俗唱法"比较自由灵活、易学、好掌握、宜普及，可以大众化，理应成为中国诗歌的主体、主流。而正体格律诗包括词曲，作为"美声唱法"的"阳春白雪"和作为"民族唱法”的民歌，也可以自行其道，高歌猛进。说到底，新古体诗，就是“古典”加民歌的派生体，关键是如何将二者结合好，不能顾此失彼，舍本逐末。马凯同志说：“如果完全固守旧制，不与时俱进，不从内容和形式随时代变化而发展，中华诗词也会枯萎。”（《致郑伯农先生的一封信》）为了不使中华诗词枯萎，古体诗的改革是必要的，问题是不能抛弃传统诗词的内核，而应在继承中发展改进。

（节选自《新新相印集——易行创新诗论与诗作自选集》，人民出版社2019年3月第一版）

编后琐语

2018年1月初，诗友李元洛曾向为他出书的责任编辑施柳柳建议：新出一部贺老敬之诗选，因为贺老已经多年未再出版诗选的单行本。1月19日晚，元洛转来施柳柳发给他的微信："贺老是中国当代诗坛的泰斗，诗歌语言朴实无华，感情真挚动人——《回延安》曾经是那个火红时代的强音，感染过千千万万的读者。《又回南泥湾》《西去列车的窗口》《三门峡歌》《桂林山水歌》《放声歌唱》《雷锋之歌》……这些诗歌作品都是人们耳熟能详的经典之作，曾经吸引过几代人的视线、影响几代人的精神生活。然而在图书市场上，贺老师的诗集很难买到。这对读者来说是非常可惜的。尤其是现在的年轻一代，需要重温这些经典之作。我们长江文艺出版社专注于精品文学图书的出版，散杂文和诗歌出版是我社的强项。我社的长江诗歌中心是国内第一家专事诗歌出版的机构，成立五年来，已成国内诗歌出版重镇……出版诗集获得各类奖项几十种……我们非常希望能出版一部贺老师经典诗歌的诗集。"所言极是。贺老为人，罡风劲节，世所共仰；贺老为诗，托旨深长，寄怀神圣；贺老为艺，追新创美，巍然如峰。我当即奉复："元洛老友好！微信收悉。好事一桩，对于中国诗歌、广大读者、作者本人都是好事！理当促成，我会尽力。"同时，建议元洛代为选编，出版社也希望他来承担此事。但元洛说他"今年尚有四本书"要编校出版，无暇他顾，力荐我来选编，且与贺老通了电话，得到贺老认可。近20年来，尤其是我退休（1999年）之后，与贺老交往渐频、过从甚密，也不好推辞，便遵贺老之嘱，对于编选事先有所考虑。

5月18日，长江文艺出版社社长尹志勇和责编施柳柳来京，要我陪同，一起登门拜访贺老，且就《贺敬之诗新选》达成如下共识：

一、选诗范围，尽量囊括贺老敬之同志从1939年至今2018年计80年间的全部诗作，以2005年1月作家出版社出版的《贺敬之文集》所收诗歌为主，参照2011年8月线装书局出版的《心船歌集》和2013年10月中国书籍出版社出版的《心船歌集（增补本）》(2015年1月再版)，同时遍撷此前其著作未收之诗。

二、遴选诗作，包括其不同题材、体裁、手法、风格的作品，相类者则优中选优。尤其是不同体裁，如普通新诗、歌词、剧诗、政治抒情诗、叙事诗、楼梯诗、儿童诗、寓言诗、童话诗、讽刺诗，以及新古体诗等，以见诗人对于诗艺的执着追求和形式探索的突出成就。

三、作品反映中华人民共和国成立前后和改革开放前后的历史进程，其中涉及某些敏感问题，严格遵照中央文件精神进行选编。

四、作品分为上、下两册，上册为新诗，下册为新古体诗。所收作品，一律按写作或发表时间先后顺序，进行编排。

五、为了帮助读者鉴赏，对于用典较多或者难以理解的作品，特别是比较含蓄的以古喻今、借古讽今的新古体诗，适当加以注释。

注释计有三种：作者所加，标作“自注”；杨晓宇所加，标作“原注”；编者所加，标作“新注”（吸收了贾漫、丁正梁等同志的研究成果）。

六、选收诗作，经过94岁高龄的老诗人贺敬之同志亲自审订，并对旧作进行了某些修改，使之更加完美。

七、上、下两册均有附录，即贺敬之同志自谈创作和1997年周良沛同志选编《贺敬之诗选》（人民文学出版社版）时所作的代序，吴奔星、贾漫、丁正梁、高昌、易行的评论，以及陆华、杨娟特为此书缩写的《贺敬之主要创作经历及作品》，以供读者参考。

特向他们及长江文艺出版社的尹志勇社长、施柳柳责编和作注的杨晓宇等的大力支持，一并表示衷心的感谢！

限于编者眼光和水平，选本难免存在疏漏，切望听到读者的批评意见。

丁国成

2018. 7. 20 于山东乳山

2018. 8. 7 于北京潘家园